新潮文庫

じじばばのるつぼ

群　ようこ著

新潮社版

11559

目次

じじばばのるつぼ

ホームドアばば

若い頃から知っている芸能人が、テレビに出ているのを見て、

「見ない間にずいぶん老《ふ》けちゃったわねえ」

と感じることが多い。ところが画面に出ている年齢を見るとぎょっとする。ほとんどの人が私よりも年下なのである。

「この強烈なしわと顎《あご》の下のたるみのある女性も、おじさんというよりも、おじいさんに近い男性も、私よりも下……」

彼らに対して吐いていた言葉が、ものすごい勢いのブーメラン状態で、自分に戻ってくる。

若い頃からひと目にさらされて、見られる意識が強い人たちでさえそうなのだから、ぼーっと毎日を過ごしている私なんぞ、他人《ひと》様《さま》から見たら、どういうふうに見えているかわかったものではない。

四十代になったときは、中年に突入した現実に覚悟していたし、アンチアンチエイジング派の私は加齢に抗《あらが》わず過ごしてきた。老化に関しても、なだらかな下降線としておとずれるものではなく、フラットな状態が続いて、がくっと下がり、そしてまたフラットな状態になって、がくっと下がるという、階段状なのもわかった。おまけに歳《とし》を取るにつれて、フラットな状態が短く、がくっと下がる段差が大きくなると知った。猛暑が続いた夏が終わって、あらためて鏡を見ると、五歳くらい老けている。それに若さを盛り返すきっかけがないので、どんどん老けるのみである。それを自覚しているはずなのに、年下の芸能人を見て、

「この人、老けたわねえ」

という。彼らから、

「どの口でいうかっ」

と反撃されたら、申し訳ないと謝るしかないのだ。

漫画の「じゃりン子チエ」に出てくる、おかっぱ頭のヒラメちゃんにそっくりだった私も前期高齢者になり、じじばばグループ内の新参者である。若いときは人生は長い気がしていたが、本当にあっという間だった。人生五十年の昔だったら、とっくに死んでいる。歳を取るとあちらこちらに不具合が出てきて、周囲の人々に迷惑をかけ

る可能性も大きくなる。なるべくそうはならないように気をつけなくてはと、常々考えているので、家から出てまず見てしまうのは、私よりも先輩のじじばばの方々の姿である。いったい彼らがどのような行動をしているのか、いいところは見習い、そうでないところは反面教師として、これからの人生の指針としたいのだ。

そんなある日、

「なぜ？」

と不思議に思う事が連続で起こった。そのとき私はホームドアがある駅で、電車が来るのを待っていた。平日昼過ぎの始発駅で、ホームを眺めると、電車を待っているのは、大学生やじじばばが多かった。駅のホームには、先発、次発を待つ人のために、それぞれラインが引いてある。昔は他の人が並んでいるのに、それを押しのけて電車に乗ろうとするおやじがいたが、最近はみんなとてもマナーがよくなり、きちんとルールを守っている。

前に三人、並んでいる人がいたので、私はその後ろに立った。しばらくすると、私の後ろに、後期高齢者とおぼしき、茶と黒がまざったような色のパンツに、白いレースのカーディガン姿の女性が並び、その後ろに大学生らしき男性、その後ろにまた後期高齢者の黒いサマーセーターに白いパンツを穿《は》いた女性が並んだ。ほどなく電車が減速してホームに入ってきた。

並んでいた人たちが二手に分かれて、ホームドアと電車のドアが開くのを待っていると、立っている私の横をひょこひょこっと追い越していく人影がある。あれっと前を見ると、私のすぐ後ろに並んでいた、茶と黒のまざり色パンツの女性だった。

(あれっ、何してるのかな)

と首をかしげていると、また私を追い越していく人がいた。まぎれもなく最後尾に並んでいた白パンツだった。他の人はみんなきちんと並んで、ドアが開くのを待っているのに、その二人は自分の前に並んでいる人たちを追い越し、一番前にちゃっかりと陣取ってしまった。いちばん前に並んでいた三十代のサラリーマン風の男性が、

「何やってんの、おばさんたち」

という表情で二人を見ても、彼女たちは知らんぷり。そしてホームドアが開き、電車のドアが開いたとたん、下車する人々を待たずに、彼らの間をすり抜けて、あっという間に座席に座ったのだった。

始発の各駅停車で乗客も少なく、明らかに全員座れるのがわかっているのに、なんであんなことをするのかわからなかった。彼女たちは優先席を確保しようとしていたわけでもなく、何事もなかったような顔で、七人掛けのシートに座り、茶と黒のまざ

り色パンツは中吊《なかづ》りのバス旅行の広告を眺め、白パンツは手に持っていた、デパートの袋の中をのぞきこんでいた。私が先に降りたので、そのばば二人のその後についてはわからないのだが、久々にマナー違反をしている人を見て、

「いまだにああいう人がいるんだ」

と呆《あき》れた。

ところが別の日、また同じ事が起きた。今度は都心の地下鉄の駅だった。狭いホームにホームドアが設置してあり、そこには利用客が並ぶためのラインは引かれていない。それでも人々は順番に並んでいた。すると私の横に、さっきまでいなかった、後期高齢者の女性が立っている。髪の毛を紫色に染め、白と黒のプリントのワンピースを着た、「おそ松さん」のイヤミそっくりな人で、後ろを振り返ると私の背後に並んでいた若い女性が、不愉快そうな顔で、そのパープルイヤミの後頭部をにらみつけていた。

(この人、彼女の順番を抜かしたんだわ)

どうして最近のばばどもは、こんなにマナーがなっていないんだと呆れていると、電車がホームに入ってきた。すると横にいた彼女の鼻息が段々荒くなってきた。

(えっ、まさか)

彼女を観察していたら、平然と並んでいる人を一人、二人と抜かしていき、いちばん前にいってしまった。気が咎《とが》めているのか目立たないようにしているのか、中腰になっている。そしてホームドアが開き、電車のドアが開いたとたん、彼女も下車する人を待たずに、人々の間をするりとすり抜け、中腰のまま空いた席に突進していった。そして彼女も先のばば二人と同じように、何事もなかった顔で、知らんぷりしていた。

そしてその日の帰りに、同じ路線でもう一度、同じ状況を目撃した。ピンクのブラウスに茶色のパンツ姿で、西郷隆盛《たかもり》の銅像系の体格の女性は、私よりも少し年下に見えた。さっきと同じように、ホームドアの前で、善良な人々が並んで電車を待っているると、彼女は並んでいる私たちを、大股《おおまた》で一歩ずつ追い越していく。いちばん前にいた男子中学生三人は、自分たちの前に大柄なばばが横入りしてきたのを目《ま》の当たりにして、

「えっ」「まじで」「ひでえ」

と小声でいった後、三人でこそこそと話をしていたが、

「横入りはやめてください」

とはいえなかったらしく、仕方がないという表情であきらめていた。そして当のピンクのばばは、腹と胸を張って、

「おいどんはこの場所が定位置でごわす」

といっているかのように仁王立ちである。そして彼女も電車のドアが開いたとたん、猪《いのしし》のように突進して座席を確保し、周囲の冷たい目を浴びても平然としていたのだった。

中学生の前に横入りするなんて、大人として本当に恥ずかしい。私はホームドアがない駅で、こんな光景を見た覚えがない。しかしホームドアのある駅では三回も目撃した。一方、じじはどうかというと、私が見た限りでは、ホームドアと電車のドアが開くタイミングが飲み込めなかったのか、ホームドアの角に激突して体がよろめいて足がもつれ、つんのめったまま頭から乗車した人はいたが、並んでいる人を追い越していくような人は見かけなかった。

どうしてばばは、ホームドアのある駅で横入りするのか。前のほうにいないと、乗り遅れると心配になるのだろうか。開くドアが二重になったとはいえ、ホームドアが開いてから五秒で閉まるわけでもないし、発車時間が来るまで電車のドアと同じように開いている。車内が混むような時間帯でもないし、急ぐ必要はないのである。それ以降、ホームドアのない駅で、彼女たちと同年輩のばばの方々が、きちんと順番を守っている姿を確認しては、なぜ？　と首をかしげるしかなかった。

ホームドアは圧迫感があるから、それを見た彼女たちのテンションが上がり、

「あれを越えないと電車に乗れない。乗れなかったらどうしよう」

と妙なスイッチが入り、自分とホームドアしか目に入らなくなる。そうなると並んでいる人々などいないも同然で、ゲートに入った競走馬と同じ感覚で、ホームドアが開いたとたんに、電車内に突進しようとする。彼女たちはそんな内に秘めた競走馬的な感覚を持っていたのだろうか。

この話を私よりも年齢が半分くらいの女性編集者二人にしたら、幼児を抱えている女性がつぶやいた。

「ホームドアがあると、安心なんですよね。ちょこまか歩いていても、線路に落ちる心配がないので」

そこで私たちは、はっと気がついた。もともと横入り体質のばばたちは、ホームドアができたおかげで、安心して横入りができるようになったのではないかと。ホームドアがないと、つつつっと横入りしようとした際に、体のバランスを崩して足がもつれ、下手をしたら線路に落ちる可能性がある。横入りされた人に怒られ、

「ちょっと、あんた、何してんの」

と突き飛ばされて、よろめいた拍子に電車に接触したり、線路へ落下という可能性

もある。そうなったとしても、自分が悪いので文句もいえない。これまでは危険が伴うのでばばたちも我慢していたが、ホームドア導入によって、安心して横入りができるようになったのだ。

転落、接触事故を避けるため、ホームドア導入がいわれているけれど、それと同時に、これからは命の危険性がなくなった、横入り体質ばばが、ますます増えるだろう。若い人より先が短いのはわかるが、そんなに急がなくてもいいではないかと、私は図々《ずうずう》しく面《つら》の皮が厚いばばたちに呆れ、絶対にああはなるまいと心に誓ったのである。

服装マナー欠如じじ

数年前の夏の話である。日中、クリーニング店のカウンターで順番を待っていた。私の前にいたのは六十代半ばくらいの、じじ初心者の太った男性だった。注文が多いのか店員さんとあれこれ話し込んでいて、話がついたかと思ったら、

「あっ、えーと、どうしようかな。やっぱりそうじゃなくて……」

とまた頭を抱えて悩みはじめる。とても優柔不断なのである。それでも嫌な顔ひとつせずに、丁寧に応対し続けている、女性の店員さんを見て、立派な人だと感心し、長くなりそうだなと思いつつ、彼の後ろ姿を眺めていた。黒いTシャツによれた濃紺の綿半ズボン。足元は男性の夏の必須《ひっす》アイテムのクロックスである。またこれが手入れが行き届かないのと、履き込みすぎていて崩壊寸前なのも、うちの近所でよく見かける中年の男性たちと同じだった。

彼の着ている黒いTシャツは、大きな絞りの柄かと背中をよく見たら、それは白く

塩が吹いた汗じみだった。そしてそのTシャツはどういうわけか、丈が短めだった。汗じみは汗をかいた直後は出ずに、ある程度時間が経《た》つと浮き出てくる。体格がいい人なので、汗もたくさんかくのだろうけれど、Tシャツの感じを見ると、

「もしかして、昨日もそれ着てた？」

と聞きたくなるような風合いになっている。そして彼がカウンターの書類に何やら記入するために腰をかがめたら、Tシャツが上にあがって腰回りが丸見えになった。半ズボンにベルトをしているのに、それがゆるすぎるのか、せり出た腹の肉が抵抗して腰骨を超えられなかったのか、七センチほどずり下がっている。それによって下に穿いているジャストウエストのトランクスが見えてしまった。

トランクスの柄は地が黄土色の上に、黒色で描かれた五百円玉くらいの大きさの円がびっしりと並んでいる。その円の中央に小さな四角があって、一辺に一つずつマークか漢字みたいなものが描かれていた。その丸柄がどうみても寛永通宝にしか見えないのである。トランクスも、相当によれていた。私は暑いなか、わざわざ隣町まで行ったのに、午前中からじじ初心者の寛永通宝柄のトランクスを目にして、げんなりしてしまった。Tシャツといい、トランクスといい、廃棄寸前まで着用するのは、もったいない精神でいいのかもしれないが、それは家の中だけにしていただけませんかね

と、お願いしたくなった。

三日後、私は歯のチェックのために歯科医院にいた。うちから歩いていける距離で、患者さんも近所の人がほとんどだ。雑誌を見ながら順番を待っていると、自動ドアが開いて誰かが入ってきた。雑誌に目を落としながら、そちらに目をやると、ビーチサンダルを履いた男性の足が目に入った。

「ん？」

と思って目を上げると、そこにはグレーのショートパンツに、タンクトップではない、明らかに肌着の白いランニング姿の、じじ初心者の男性が立っていた。

歯科医院は待合室は土足だが、診察室に入るための階段が二段あって、靴を脱いでスリッパに履きかえるようになっている。なので、今、何人の患者が診察室に入っているのか、それと同時に脱いだ靴で、男女、子供がわかるのである。ビーチサンダルを履いている男性は、もちろん裸足《はだし》だ。たしかに真夏で暑い日ではあったが、どこの歯科医院もそうだろうけれど、そこでもスリッパは共有である。裸足で病院に来る人がいるのかと、私は驚いたのだった。

若いお兄ちゃんなら、何も考えずに裸足で来ちゃったということも考えられるが、私が何度かその歯科医院で見かけた若いお兄ちゃんたちは、みなインナーソックスを履いていた。裸足の若者など一人もいなかった。女性もインナーソックスを履いているか、素足でやって来ても、スリッパを履くときに持参したソックスを履いていた。みんなそれなりに共用のスリッパを履くのに気遣い、また自分も気分が悪くならないようにしているのに、そのじじ初心者は、まるで家の近所のコンビニに行くような格好でやってきたのだ。

（いったい何を考えてるんだ。公共的思いやり精神が欠けているのか）

その歳になるまで、歯科医院に行った経験がないわけではないはずの、彼の薄汚い足元を眺めながら、

（やだなあ、あの人の履いたスリッパ、履きたくないなあ）

心から思った。履いたスリッパにマークをつけて彼専用にするとかして欲しかったが、そんなことをしてもらうわけにもいかず、不愉快な気分になった。

またそれから一週間ほどして、友人と銀座のレストランでランチを食べることになった。超高級店ではないが、男性の半ズボン、サンダル、ノースリーブは不可と公表している、それなりの名の通った店なので、私はワンピースと同格の、織の夏着物で出かけた。友人の女性二人も織の着物だった。席に通され店内を見ると、女性同士で座っている卓がほとんどで、私たちの席の奥には、七十歳くらいの夫婦と、彼らの子

供らしき三十代後半の若夫婦とその子供の十歳くらいの女の子という五人家族が座っていた。

　女性たちは若い人も年配の人も、夏場なりのその店に見合った華美ではないお洒落《しゃれ》をしていた。客の男性はその家族の父親と、若夫婦の夫の二人だけだった。若夫婦の男性は緑色の半袖《はんそで》のポロシャツ、親世代の男性は白の半袖ポロシャツだった。女性たちは二人ともワンピースで、女の子もかわいい色とりどりのドット柄のワンピースを着ていた。最近は男性も、夏の外出時にはジャケットなどは着ないのだなと思いながら、料理が運ばれてくるのを楽しみにしていた。

　おいしい料理を食べ終わり、量もたっぷりのデザートに満足して、友人二人とあれこれ喋《しゃべ》っていたら、その家族が席を立った。まず子供連れの若夫婦が出ていった。男性は緑色のポロシャツの下に白いコットンパンツ、ベージュの革靴を履いていた。ドレスコードに厳しい人だと、ポロシャツはスポーツ用の衣類なのでNGという人もいるが、シャツもパンツも新しくぱりっとしていたので、私はカジュアルかもしれないけれどきちんとしていると感じた。その次に親世代の夫婦が私たちの卓の横を歩いていったのだが、じじの姿を私は二度見してしまった。上半身は白いポロシャツだとはわかっていたが、下半身は膝《ひざ》が丸出しの皺《しわ》だらけのベージュ色の綿の短パン。それに足元は素足に汚れた白いスニーカーだったのだ。

家族は注意しなかったのかと疑問がわいたが、店側もみな容認したということであろう。推測だが奥さんは、

「お父さん、近所のファミレスに行くのと違うのだから、短パンはまずいんじゃないの」

といったかもしれない。しかし彼は、

「暑いんだから短パンでいいよ。座ったら見えないんだし。上をTシャツじゃなくてポロシャツにしたから、いいだろ」

といったのではないか。頑固にいやだといい張るので、無理に着替えさせるわけにもいかず、ドレッシーな紫色の花柄ワンピースを着ていた奥さんとも釣り合いがとれないけれど、彼女も仕方がないと出かけたのではないか。短パンに会社用に履いていた黒の革靴は履けないし、クロックスを履くわけにもいかず、手持ちの靴のなかでいちばん合いそうな、手入れが行き届いていない、白いスニーカーを選ぶしかなかったのだろう。

ファッションの趣味やコーディネートに関しては、人それぞれで正解はないけれど、TPOはある。以前、有名な結婚式場での結婚式に呼ばれたとき、私よりも少し年上

の男性が、ネクタイはしていたが、カジュアルな綿のジャケットにジーンズ、スニーカーという普段着で出席していた。新郎が麻雀《マージャン》好きで、式場に「荘」がつくので、てっきり雀荘で結婚式をやるのだと思ったと、お詫《わ》びのスピーチをしていて、ちょっとびっくりした。

そのとき私は、いい大人になっても男性というものは、ふだん行かない場所に行く際、どの程度の服装がふさわしいか調べないのかと首を傾《かし》げた。女性の場合は、カジュアルではなさそうな、はじめて会食する店だと、ドレスコードを調べたり、人に聞いたりするものだ。だからそれなりの店に行っても、とんちんかんな姿をしている女性はいない。ファッションは女性としての楽しみのひとつでもあるので、一部のそうではない男性にとっては、関心が持てないのかもしれないが、それが問題なのだ。

前作の『おとこのるつぼ』で、中高年といわれる男性たちの、プライベートの服装がひどいという話を書いた。高齢の男女は室内着は迷走しがちだが、いざというときには、ドレスアップしている方がほとんどだ。どうしてかと考えてみると、私もその中にどっぷりはまっていたけれど、アメリカ生まれのTシャツ、ジーンズ文化がよくなかったのではないかと思っている。カジュアルでも何とかなるという戦後の習慣が、それまでの日本にはあった、女性だけではなく男性の、ハレの場の装《よそお》いの感覚を失わせたのではないだろうか。

銀座のレストランで短パンで食事をしても、店側や周囲の冷たい視線を無視できて、本人が恥ずかしいと感じなければ問題はない。だがフォーマルな場で大人の男性がそうだったら、それは相当にまずい。結婚式は自分のためではなく、招いてくれた側のものだからだ。しかしどちらにせよ、TPOやマナーを無視する人は、自分勝手な人だ。何の根拠もない自分の考えだけで行動する。ある意味、傲慢《ごうまん》でもある。

ドレスコードのある店は、気が張るし、着る物を考えるのが面倒なので、そういった店には行かないし行きたくないという男性もいる。それはそれでいい。しかし大人になったらそうはいっていられない状況にもなるのではないだろうか。なるべく自分は恥をかきたくないと思っているくせに、マナーが必要になったときに、変に我を通して恥ずかしい格好をしたりする人が理解できない。そして最後には、「こっちは金を出す客なんだからいいんだ」などと、わけのわからない理屈をこね出すのだ。

TPOには自分が我慢しなくてはならない要素が多分にあることも、じじ初心者たちには知ってほしい。そして寛永通宝と裸足の男性二人は、ドレスコードのある場所にどうしても行かなくてはならなくなったら、いったいどんな格好をするのだろうかと、知りたいような知りたくないような、複雑な気持ちになったのだった。

ばばと乳首

秋なのに気温が不安定で、ひょっこりと暑くなった日の午後、私は買い物がてら散歩にでかけた。いつもとは違う道を行こうと歩いていたら、一人の後期高齢者とおぼしき女性が、コンビニから出てきた。Tシャツにギャザースカート、靴下にサンダル履きという姿だったのだが、私の目にまず飛び込んできたのが、彼女の着ていた、体にフィットした、「RUN DMC」の文字のある黒いTシャツだった。

（ええっ？　RUN DMC？）

おまけに彼女は、かぼちゃ二個を仕込んでいるかのような巨乳で、ポッチというよりは「巨峰二粒」の乳首の形が、黒いTシャツの上からも、はっきりとわかった。

そのTシャツは、三十年以上前にヒットをとばしていた、ニューヨーク出身の黒人三人組のヒップホップグループのものだ。日本でも人気があって、当時は彼らのTシャツを着ている若者がたくさんいたが、活動をやめてから、そのTシャツを見かけなくなった。

Tシャツが気に入ったとしても、それに見合ったデザインのスカート、パンツを穿いているのであれば、ファンキーな高齢者と認識できるのだが、下に穿いているのは、白地にブルーのお花柄のギャザースカートである。若い人はミスマッチでもそれなりにかっこいいけれど、高齢者となると、「手持ちの服を適当に組み合わせました感」が強い。他にも彼女に似合うTシャツは、世の中にたくさんあるだろうに、なぜ、よりによって「RUN DMC」なのか謎《なぞ》だった。

Tシャツは着古した感じがなく、子供か孫が買ってそのままになっていたのを、もったいないと着た可能性はある。おまけに地色が黒なので、ノーブラでも巨峰がわかりにくいと考えたのかもしれない。後日、そのTシャツが今になって再び、特に若い女性に人気のある量販店で売られているとわかったが、巨乳なのにどうして彼女がノーブラで買い物に行ったのかはわからなかった。

夏はそこここでノーブラの高齢女性を見かけるが、肌寒い季節になっても結構多い。歳を重ねると、締めつけられる感覚に耐えられなくなるので、肌着も楽なほうへ流れる。ブラジャーも楽につけられる前開きのものに変えたり、肩ひもの幅が広くなっているものを選んだりするけれど、そのうちそれすらも面倒くさくなって、年中、ノーブラになるようだ。それはそれでいいのだが、私が目撃したノーブラの高齢女性は、どういうわけかみな巨乳だったのである。

「RUN DMC」着用の巨乳に衝撃を受けた数日後、またうちの近所でグレーのぴったりした薄手のセーターを、ノーブラで着ている高齢女性がいて、その迫力にびっくりした。顔より先に胸が目に飛び込んできた。こちらはかぼちゃどころではなく、パイナップルを二個、セーターの下に入れているかのようだった。そしてこの人もまた胸をゆらし、巨峰二粒を人目にさらしながら、堂々と闊歩《かっぽ》していた。バッグ、靴から察して、ただ近所を散歩しているわけではなく、明らかにその姿のまま、それなりの場所に外出した気配があった。

(パイナップルの先に巨峰。ピコ太郎でも、それはくっつけないな)

などと考えながら、周囲を歩いている男性たちは、乳首が露骨にわかる高齢女性のノーブラ姿を見て、「おっ」と思ったりするのかなあと興味がわいたりもした。

しかしいくら楽だからといって、巨乳の高齢女性は外出時になぜノーブラになるのか。これは服装マナーというよりも、その女性の意識の問題だ。走ることもないし、重いのにも慣れているので、自由闊達にさせているのがいちばんよいと、考えたのかもしれないのだが、それならばなぜ、わざわざ胸が目立つ、ぴったりとした服を着るのだろう。

女性の胸に関しては、房の部分はまだしも、乳首を見せると急にエロ風味になる。だから昔は乳首隠しのニプレスがあったし、今はヌーブラがある。女性がなるべくエロ風味を出さないようにと、自分で気をつけているから、そういったグッズが出てくる。高齢女性はそういうものすらつけるのが、面倒くさくなっているのだろうから、身につけないのはわかるけれど、それならばせめて胸元にゆとりがある服を着るとか、上に何か羽織るとか、ノーブラなのが目立たないようにするのが、恥じらいというか、嗜《たしな》みなのではと思うのだが、それすらもどうでもよくなるのだろうか。

ばばにとって、乳首とは何なのだろう。若い頃は男女関係においても重要な起点になっただろうし、母ともなれば赤ん坊を育てなくてはならない器官として、重大な任務を背負ってきた。しかしそれも子供の成長によってお役ご免になり、夫との関係でも需要と供給がなくなったとしたら、ただの体の一部である。しかしそこは女性でいる限り、限りなくエロを含んだ無視できない部分である。彼女たちも、若い頃はきちんと下着を付け、乳首の形がわかる状況は恥ずかしいという感覚もあったはずなのだ。

私が四歳くらいの時、住宅地の路地裏に住んでいた老婆《ろうば》は、夏になると家の前の縁台に腰かけ、腰巻きひとつで団扇《うちわ》をあおいで涼んでいた。胸にするめが二枚貼《は》り付いているのを見てびっくりしている私に、彼女がにっこり笑いかけてきて、それが歯がなくて口の中がぽっかり空洞だったものだから、あわてて踵《きびす》を返して逃げ帰った記憶がある。

（あそこには民話の本で読んだ、人を食う山姥《やまんば》がいる）

あまりに恐ろしくてそれからその家の前を通れなくなったが、その老婆は大胆に胸を露出しても平気そうだった。子供だけではなく、近所の人たちの目にも止まっただろうに、大人が来たら手にした団扇で隠していたのだろうか。昭和三十年代のばばたちの羞恥心《しゅうちしん》と、現代の高齢女性の羞恥心がどうなっているのか知りたいものだ。

直接的に見られる状況はもちろん、間接的に乳首の形状を不特定多数の人に見られるのを、歳を重ねたばばたちはどう考えているのだろう。それともご本人はとても自信があって、薄手のセーター姿で、

「ほら、見て。私の巨乳と巨峰」

と胸を張っていたのか。好意的にたとえれば、「フェリーニのアマルコルド」のおばちゃんなのだけれど、彼女も巨乳と巨峰をさらけだしていたが、とりあえずはセーターの下に下着はつけていたようだし、私は不思議とエロを感じなかった。外国人女性の裸を見ても、服を着せ替える前のお人形さんのようでエロは感じない。でも民族

的に同じDNAを持っているであろうばばたちが、同じことをするとぎょっとしてしまうのだ。

私は「ばばと乳首」が気になって仕方がなく、乳首の形が見えていても平気な、巨乳ノーブラばばを見たことがあるかと友だちにたずねたら、即座に、

「ある！」

といい放った。友だちと同じマンションに住むその七十代半ば過ぎの女性も、パイナップルに巨峰タイプで、年中ノーブラで冬場のセーター姿ですら目をそらしたくなるのに、夏場は同性ながら目のやり場に困るのだそうだ。やはり好んで着ているのは、大きな胸が隠せるような服ではなく、ぴったりとしたTシャツばかり。それも白地で重量のために胸部に圧力がかかっているうえ、洗いざらしているので、前身頃が伸びて薄くなっている。それでノーブラなので、ほとんどTシャツを着ている意味がないらしい。

「鏡を見ないのかな」

私が首をかしげると、友だちは、

「見てるけど老眼でわからないか、そういった格好が当たり前になって、恥ずかしいとか感じなくなっちゃったんじゃないの」

という。しかし胸を覆《おお》う下着を何も身につけず、白の薄くなったTシャツで、パイナップルでぱつんぱつんになったうえに、巨峰が出てるとなったら、それで人前に出たらどうなるかわかりそうなものだ。

「彼女にとっては、現物が見えなかったら、それでいいんじゃない」

裸の上に一枚だけ着るのはかまわないが、下着と合わせて二枚着るのは鬱陶《うっとう》しい。それならばブラトップみたいに、ブラジャーとタンクトップ、あるいはTシャツとブラが合体しているものもあるから、そういったものを着ればいいのに、着ないのである。

「夫は、みっともないとかいわないのかな」

「それが楽しみなんじゃないの」

「巨峰が？」

「風呂《ふろ》上がりの露骨な裸のぶらぶらは嫌だけど、Tシャツやセーターの下から、様子がうかがえるのがいいとか」

「えーっ、家の中だけならいいけど、外に出るのよ、あれで」

「世間の人に妻の巨乳と巨峰が見られているのが、うれしいのかもしれないし」

「ええーっ？」

他人に妻の巨峰を見られてうれしがる夫の心理は、私にはわからない。

ばばと乳首、そしてその夫について考えた私は、「あまりに長く一緒にいたので、乳首というのは夫婦の間で大問題ではなくなっているのでは」と推測した。男性にも乳首はあるし、夫も若い頃は妻の胸に対して深い興味もあったが、結婚生活も長くなると、男女というよりも同志愛になって性別の意識がなくなり、おれの乳首も妻の乳首も同じ扱いになってしまった。大きな房のほうはただの肉のたるみ。そう考えれば私もノーブラでもたいしたことがない気がしてきたが、外で偶然にも遭遇した他人の感覚はそうではない。同志乳首ではなく、高齢でもいちおう女性の乳首である。女性としての恥じらいはどこへ、である。

老齢で性別がよくわからない方々もいるが、巨乳は明らかに女性を意味する。いくら楽だからとはいえ、やはり一歩外に出るときは何らかの処置をしていただきたい。巨乳であっても、巨峰を隠していれば、

「あの方、お胸が立派なのね」

で済む。しかし私は巨峰の存在がわかったとたん、「何なの、あの人は」とちょっとぐったりして、彼女たちに対しての評価は急降下する。本人がそうではないのに、目撃した私が気落ちするのも変な話だが、女性としてものすごくだらしない面を見せ

つけられたようで、いやなのだ。家の外で、若い女性で巨乳でノーブラという人は、作為的でない限り、ほとんどいないと断言できる。作為的ではない人が、万が一そうだったとしても、胸が目立ちにくい服装にしているものだ。ばば枠の入口に立つ者として、私を脱力させる巨乳ばばの巨峰攻撃は、本当にやめていただきたいと心から思っている。

情けないじじ

私が住んでいるのはマンションの三階の角部屋である。低いブロック塀を隔ててはいるが、隣家の庭に建っている二階建てアパートと接近している。アパートは道路から階段を上がって敷地に入るようになっており、二階の入口が、うちの本置き場にしている部屋の横の位置にある。

単身者向きではなく、２ＤＫほどの広さがあるようだが、だいたい二年ほどすると住人が入れ替わる。以前、住んでいたのは学生で、友だちが集まってゲームをしていたらしく、朝から晩まで若者の雄叫《おたけ》びが聞こえていた。もちろん近所からは苦情が出、大家さんが何度も注意している声も聞こえてきた。

「わあーっ」

と騒ぐたびに、

「しーっ」

と声が聞こえる。住人の学生があせって注意するけれど、それに耳を貸すような彼らではないのだ。

あるとき、夕方五時すぎに、アパートから出てきた彼ら数人と出くわしたことがあった。それまでは一晩中騒いでいたので、大家さんから時間について制限を受けたのかもしれない。私が横を通り過ぎようとしたら、そのなかの一人が、

「そんなにうるさいんだったら、じじいもばばあも、お前らが引っ越しゃいいんだよ」

と周囲の家に向かって怒鳴った。するとタイミングよくというか、悪くというか、ちょうどアパートの大家の奥さんが帰ってきたところで、当然、彼の声は聞こえ、奥さんと学生たちは、見合ったまま立ち尽くしていた。

(これはえらいことになった)

私はそろりそろりとその場を離れた。そして三か月後に学生は引っ越していった。

その後に住んでいるのは、私よりも少し年上にみえる女性である。話し声すら聞こえることがなく、静かに住んでいらして、不愉快な思いをしたことはない。私がベランダに洗濯物を干しに出たら、たまたま彼女も洗濯物を干していて、どのような住人かわかったのだ。ベランダには彼女の衣類と、小さなかわいらしい服が干してあった。

どうみても小学校低学年の女の子の服なのである。彼女の子供の服とは思えないので、孫と一緒に住んでいるようだ。最近はいろいろな事情があるお宅も多いから、お孫さんを預かっているのかもしれないと考えていた。

日曜日、ベランダで洗濯物を干していると、アパートのドアをノックする音が聞こえ、

「こんにちは」

といいながら女性の声が室内に消えた。しばらくするとドアが開き、女の子のはしゃぐ声と共に女性二人の声が聞こえ、階段を降りる音がした。そして前の道路に目をやると、住人の年配の女性と女の子のお母さんらしき女性が、女の子を中心にして手を繫《つな》ぎ、歩いていく後ろ姿が見えた。女の子のお母さんが会いに来たのかなと、私は三人の後ろ姿をベランダから眺めていた。

ある日の夜の十時頃、本置き場になっている部屋で、本を整理していた。動かすと埃《ほこり》が立つので、窓を五センチほど開けて作業をしていた。するとアパートのドアをノックする音が聞こえた。そしてドアが開くのと同時に、

「あんた、何よ！」

とものすごい怒鳴り声が聞こえた。

「えっ」

手にしていた本を取り落としそうになりながら、びっくりして声が聞こえた窓から隣を見てみると、片手でドアを開けたまま、玄関口に仁王立ちになっている年配の女性と、グレーのジャンパーを着た白髪頭の男性の後ろ姿が見えた。

「何よ、何なのよ、どうして来たのっ」

女性は苛立《いらだ》ったように、男性を怒鳴りつける。彼の声は聞こえない。

「突然、来るってなんなの。おまけにこんな時間に」

矢継ぎ早にいわれた男性は、小さな声で、

「うーん、うーん」

としかいわない。

「だからさ、何だっていってるのよ。どうして来たの、どうしてっ」

女性は玄関口で強烈に彼を責め続けている。

(こりゃ、たいへんだ)

あせりつつ、私は聞き耳を立てた。小さい女の子と暮らしているのに、ほとんど無音で生活しているような彼女が、あんな大声で男性を罵倒《ばとう》するとは想像もしていなかった。ここで窓を閉めたり、電気を消したりしたら、二人に気づかれるに決まっているので、私は本の整理をやめ、彼らから死角になり、かつもっと声がよく聞こえる場所に移動して、様子をうかがっていた。

女性は男性に対して「どうして来たのか」を延々と追及している。しかし彼からは明確な返答はない。ただ弱々しく、

「うーん」

とうなっているだけである。そうなるとまた彼女は、

「だからさ、迷惑なの。いつもあんたはそうじゃないのっ」

と罵《ののし》る。それを聞いた私は、

(はあ、いつもなのか)

とうなずいた。男性もいわれているばかりじゃなくて、何かいえばいいのにと呆れていると、やっと、

「うーん、いや、あの、どうしているかなって思って……」

という声が聞こえてきた。すると、

「あーら、そう」

と女性が迷惑そうにきっぱりといい、会話は途切れた。すると私には内容が聞こえなかったが、男性がぼそぼそと話をしはじめた。「仕事」「地方」などという単語が聞

こえた。するとまた、「ふーん」というまったく興味のなさそうな彼女の声がした。

それからは私には聞こえない会話が延々と続き、時折、「ふーん」「はあーん」と気のない、相手を小馬鹿《こばか》にしたような彼女の相槌《あいづち》が聞こえるだけだった。そのうちばたんと力を込めてドアが閉まる音が聞こえ、外階段を降りていくゆっくりとした足音がした。

（帰ったのか）

私はベランダに出て、突然訪問して怒鳴りつけられた男性が、どういう人かを確認したかったが、暗くて彼の表情を見られるわけもなく、あきらめた。ドアを閉める前に、彼女の声が何も聞こえず、彼に対して、「さようなら」のひとこともなかった。夜は人の声が通るのに、それにもかまわず、ふだんは静かな彼女があんな大きな声を出すくらい、彼が気に入らなかったのだろう。あんなに一方的に怒鳴りつけられ、相手にされないなんて、相当、男性に問題があったのに違いない。彼の心情を察すると、「快獣ブースカ」がしょんぼりしたときにつぶやいていた、「しおしおのぱー」という言葉を思い出した。

ばばがあんなにじじを罵倒するのかと驚いた数日後、私は外出する用事があって、午後、電車に乗っていた。車内の座席にはひととおり乗客が座っていて、立っている人が、五、六人といった様子だった。ある駅から喪服姿の、七十代前半といった夫婦らしき男女が乗ってきた。近くに斎場があるのでそこに行った帰りらしい。男性は私の横に立ったのだが、その奥さんは無表情で、

「わたくしは、隣の車両に行きますので」

と淡々と彼にいい、その場を離れていったのだった。

「ええっ？」

彼は驚き、ぽかんとしていたが、私もびっくりした。奥さんは振り返りもせず、一直線に進行方向とは逆の隣の車両まで歩いていき、連結部のドアを閉めた。彼はびっくりした顔のまま、彼女が歩いていったほうを振り返り、いったいどこにいるのかと、背伸びをしたりかがんだりして、隣の車両の奥さんのいるところを確かめている。私も確認したいのはやまやまだったが、隣にいる彼と一緒に、隣の車両を覗《のぞ》くわけにもいかず、進行方向に目をやりながらじっと耐えていた。

私は次の駅で降りたので、その後はわからないのだが、夫婦一緒に出かけたのに、

「私は別の車両に移ります」

と宣言される夫って、どうなのだろうかと首を傾げた。斎場では夫婦並んでというのはわかるが、それが済んだら傍らにもいたくなかったようだ。よく夫婦関係が破綻《はたん》

して、ただの同居人になってしまうと、同じ場所に行かなくてはならないときも、別行動をとる人たちがいるとは聞く。しかし彼のあの驚き方を見ると、これまではそうではなく、はじめてそのように告げられたようだった。たとえば車内に変な臭《にお》いがしていたとか、怪しげな人物がいたとか、車両がとても混んでいるとか、妻がその場を離れたいような事情があったのならともかく、そんな状況でもなかった。隣の車両に移ったとしても、空席はなく座れるわけではないのだ。

もし私が妻で不愉快に感じるものがあったら、夫に、

「他の車両に移らない？」

というだろう。しかし彼女は何の前触れもなく、あんたとは一緒にこの場にいたくないから、離れて別な場所にいると宣言したわけである。うまくいっている夫婦だったらありえない。妻の立場になって考えると、長い結婚生活の間に、夫が妻の気持ちを汲《く》んでくれず、妻が不満を溜《た》め続け、どういう関係の人の葬式に行ったのかはわからないけれど、葬儀に参列して妻の心情にスイッチが入った。「私はこのまま何もいわずに死ぬのはいやだ、これからは奴《やつ》（夫）にはいいたいことをいってやろう」と決めたのではないだろうか。

私は電車を降りてから、じじになっても女性に怒鳴られ続ける人、また冷静にきっ

ぱりと妻から同行を拒否される夫とは、いったいどういう人なのかを考えた。若い頃だったら、お互いに喧嘩《けんか》をしたとしても、その積み重ねで意見の相違を埋めていって理解し合い、高齢になったらお互いにすでに相手を認め、またあきらめの境地に達して、それほど大事にはならないような気がする。アパートを訪れていた男性も、あの年齢になってまだ怒鳴られているのは、あまりに哀《かな》しすぎる。喪服の夫も何かしら妻の怒りを買っていたのは間違いないのだが、その歳《とし》になるまでわからなかったのかと不思議でならない。

ともかくじじになっても、ばばから怒鳴られ、冷たくされるのは、明らかに学習しなさすぎである。私は情けないじじ二人を思い出しては、同情しつつも、

「あーあ、長い間生きてきたのに、今まで何やってたんだよ」

といいたくなったのである。

レジ前のばば

私がスーパーマーケットに買い物に行く時間帯は、午前中か早い午後が多い。その時間帯に店内で見かけるのは、ほとんど高齢者ばかりである。客も少ないので、レジもひとつしか開いていない。

その日も店に入ったときは、レジに誰も並んでおらず、レジ係も手持ち無沙汰《ぶさた》の様子だった。しかし食材を選んでレジに向かったら、さっきの閑散としていたレジが嘘《うそ》のように、長蛇の列ができていた。暇な時間帯なので補助をする店員もいない。並んでいる人を見てみると、手にしている商品の量も多くないし、私も特に急いでいるわけでもないので、最後尾に並んで順番を待っていた。

ところがあと三人のところで、列が進まなくなり、私の後ろにも数人が並ぶようになった。どうしたのかと前を見たら、七十代後半くらいのばばが、後ろに人が並んで順番待ちをしているというのに、サッカー台に移動せず、買った物をレジ台の上の精算済みのカゴの中から、引きずってきたカートに入れながら、レジ係にあれこれ話しかけているのだった。このレジ係のおばちゃんはいつも声が大きくて元気がよく、気軽に話しかけてくれる感じのいい人なのである。ばばの行動を見た彼女は会話を遮り、

「あちらに持っていきましょう」

とカゴを持ち上げ、彼女をサッカー台に誘導しようとすると、

「いいえ、こうすれば大丈夫だから」

と断り、その場に陣取って動かないのだ。

おばちゃんは最初のうちは、ばばが話しかけると、

「ああ、そうなんですか」

と相手をしていたが、いっこうにレジの前から動こうとしないので、少しむっとしてきたようだった。一方、ばばはどうしているかというと、並んでいる客のことなど関係なく、

「そういえばねえ……」

と世間話をはじめた。ばばだから仕方がないのかもしれないが、カートのなかにひとつひとつゆっくりと、買ったものを入れていく。どこかの流派の礼法でそういったきまりがあるのかと思いたくなるくらい、ゆっくりなのである。そして次にレジ台の

精算カゴの横に放置した財布を手に取り、これまた同じように放置していたレシートとおつりを、ふんふんとうなずいて点検しながら、ゆっくりと財布に入れた。そして体を起こしてカートの持ち手を引っ張ったので、ああ、これで列が動くと思ったとたん、ばばはひと息ついて、

「それでね……」

とまた話をはじめたのだった。

「はあ〜」

並んでいる客からは同時にため息が漏れて、大きな声になったものの、おかまいなしで満面に笑みを浮かべて、レジ係のおばちゃんに話しかけている。もちろんおばちゃんは、目の前に十人ほどの客が並んでいるので、みんなの精算を済ませたいのだが、このばばは動く気配がないうえに話しかけてくるので、徐々に顔がひきつってきた。それでも彼女はいちおう、ばばの話にも、

「ああ、そうですか」「あははは」

などと相手をしていたが、あまりに動かないので、

「あ、そうっ」「はあ」

などと、相槌もぞんざいになってきた。立場上、

「あんた、いい加減、邪魔だからそこをどきなさいよ」

といえないので、精一杯、

「あなたは迷惑です」

と態度で示しているのに、ばばはそれにまったく気がつかず、相変わらずにこにこしながら喋り続けている。そしてしばらくして気のいいおばちゃんが、自分の話に乗り気じゃないとやっとわかったらしく、

「それじゃあね」

とカートを引いて去っていった。おばちゃんはひときわ大きい声で、

「ありがとうございましたっ」

と礼をいい、それよりももっと大きな声で、並んでいる客に向かって、

「お待たせいたしまして、大変申し訳ございませんでした」

と謝った。並んでいる人たちからは、特に文句も出ず、淡々とみな精算を済ませた。

コンビニでも同じようなばばを見かけた。そのばばもスーパーマーケットにいたばばと同年輩で、私が店内に入ったときから、ずーっとレジの若い女性店員と話をしていた。

「若い時にみんなで箱根の温泉に行ったときはね……」

などという言葉が聞こえたので、彼女に何かを問い合わせているのではなく、ただの世間話のようだった。足元にはトイレットペーパーの袋が四個置いてあった。店のテープが貼ってあったので、すでに精算は済ませていたらしい。コンビニはレジで客を待たせるのが厳禁になっているのか、少しでも客が並ぶと、すぐに他の店員が走ってきてレジを開けて応対してくれる。そのときも、そのばばがひとつのレジを占領しているので、もうひとつのレジがフル稼働《かどう》していた。

雑誌と文房具を持ってレジに行くと、ちょうど昼食時と重なり、近所の工事現場から作業員が昼御飯を調達に来ていて、フル稼働のレジに長蛇の列ができていた。作業員のおじさんたちは、ばばが占領しているレジを指さしながら、

「あっち、どうしたの？」

とお互いに小声で話してはいたが、

「ばばあ、金を払ったんだったら、どけ」

などという人はおらず、ちらりちらりとばばのほうを見るものの、誰も文句はいわなかった。フル稼働のレジのお兄さんが、汗だくになっていて気の毒だった。そして私が精算を済ませても、まだばばは喋り続けていた。

いくら店員と顔なじみになったとしても店内で挨拶《あいさつ》はするけれど、仕事を邪魔する

ほど話しかけることは普通しないのではないだろうか。勤務の時間外に外で会ったら、立ち話のひとつもするかもしれないが、相手の仕事場では長話はしない。しかしあのばばは、コンビニの店員が自分の世間話を聞くのも、仕事のうちのひとつと勘違いしているようだった。

帰り道、スーパーとコンビニで目撃した、人が並んでいるレジを、無駄話で占領するばばたちは、話をする人が周囲にいないのかなと思った。家に話をする相手がいれば、あんなに長い間話し込む必要もない。コンビニの店員は大学生のアルバイトなのか優しい女の子で、いやな顔ひとつしないでずっと話を聞いてあげていた。ばばは彼女なりの嗅覚《きゅうかく》で、自分の話を聞いてくれそうな人をターゲットにして、話し込んでいたのだろう。

「だからといって、年寄りがそれに甘えるんじゃない」

私はそういいたい。ばばたちの意識が低すぎる。レジ係のおばちゃんにも、優しい女の子にも仕事がある。あんたが世間話をしているせいで、彼女の仕事場の業務が滞っている。それがばばたちにはわからない。嘆かわしいことである。歳を取ると自分自身をかまうのに精一杯で、他の人のことまで気が回らなくなるのも、理解できないわけではない。しかしそれも程度問題なのである。

私の知り合いの女性は、自宅近くの都心のスーパーマーケットで買い物をして、見知らぬばばに文句をいわれたそうだ。夕方でレジに行列ができているうえに、レジ係の女性が研修中で、てきぱきというにはほど遠い様子で、ふだんよりも時間がかかっていた。知り合いの耳には、後ろに立っていたばばが不愉快そうに、

「遅いわねえ」「何もたもたしてるの」「いつまで待たせれば気が済むのかしら」

と小声でぶつぶついっているのが、ずーっと聞こえていた。

二つ前の客が精算をはじめたとき、知り合いがひとつ買い忘れたのを思い出し、カゴを床に置いて、急いで買い忘れたものを取りに行って戻って来た。するとちょうど前の人の精算が終わったところで、ああよかったと思っていたら、店長と胸に札をつけた男性が走ってきて、横にあるレジを開けて、

「お待たせしました。次にお待ちのお客様からどうぞ」

と知り合いの後ろに並んでいたばばを、自分のレジに案内した。ところがその文句をいっていたばばが、レジで精算してもらいながら大声で、

「あたし、レジの前でカゴを置いて何かを取りに行って戻ってくる人って大嫌いなのよ」

と叫んだ。もちろん周囲にいる人にはそれが聞こえ、知り合いは、

（やだ、それって私のことじゃないの）

とぎょっとした。すると店長が、

「申し訳ございません。それはお客様が大勢並んでお待ちになっているのに、すぐにレジを開けられなかった私の落ち度ですので、お客様が悪いわけではありません」

と謝った。それでもばばはずっと、

「あたしはカゴを置いて物を取って来る人は大嫌い」

と代金を支払い終わっても、その場に居続け、業《ごう》を煮やした店長が、

「ありがとうございました。お待たせしました。次のお客様、どうぞ」

と後ろに並んでいる客に声をかけるまで、文句をいっていたそうだ。

「その人、私には背中を向けたままなの。それで大きな声で、ずーっと聞こえよがしに文句をいってるの。順番が問題なら彼女のほうが先に精算が済んで店を出ていったのよ。文句は直接私にいえっていいたかったけど、ぐっと我慢した」

知り合いは思い出してまた怒っていた。

レジの順番程度で損得もないけれど、知り合いの行動でばばに被害が及んだわけでもなく、結果的に先に精算してもらって得をしているのに、他人の行動が気に入らないからと、大声で聞こえよがしに文句をいう。こういう人は自分が勝手に決めたルー

ル以外は、すべて気に入らないのだろう。しかしそういう人に限って、陰でちゃっかりずるいことをやってるような気がする。早くやれとレジ係に文句をいっていたのに、自分のせいで後ろの人に迷惑をかけているのもわからないらしい。

周囲に気配りもせず、延々と世間話を続けるばばたちも底意地の悪いばばも、きっと実生活は寂しい人なのだろう。人にはそれぞれそうなった理由があるけれど、実際そうであったとしても、他人から「寂しい人」と哀れまれたらおしまいである。経験を積み重ねて歳を取った結果が、あれというのは情けない。スーパーマーケットやコンビニのレジ周辺は、ばばたちの本性が露呈する、面白くかつ恐ろしい場所なのである。

運転するじじばば

最近、高齢者の運転による自動車事故が多発している。ただ偶然、その場にいただけなのに、罪もない人々が命を奪われるなんて、身内はもちろんのこと、友だちや関係者もいくら泣いても泣ききれないだろう。お気の毒以外の何ものでもない。

運転をする人に年代別にアンケートをとった結果を見たが、自分は安全運転だと自信を持っている人数の割合が、年齢が高くなるにつれて多くなっているのも恐ろしかった。長い期間、運転をしているし、たいした事故もなかったからと思っているからかもしれないが、それはたまたまで、根拠のない自信は最悪である。

私は免許を持っていないので、自分の脚力を頼りに、なるべく歩くことにしているが、それでも自分の判断力が鈍っているのに驚く。たとえば今は自転車の走行範囲が決められているが、昔はどこから走ってくるかわからなかった。道路の右側を歩いていたとき路上に荷物が置いてあり、少し左側によけたところへ、自転車が減速せずに走り抜けていって、肝を冷やしたのは一度や二度ではない。昔の自転車は走る音がしたが、今の自転車はほとんど無音なので、気配が感じられないのだ。もちろん自分の感度が鈍ってきたのも大きい。自転車に乗る人が多くなってからは、車よりも自転車のほうが怖かった。車は基本的に歩行者を優先してくれるが、自転車に乗っている人で、そういう意識の人はとても少ない。自分の足に、とてつもなく速く走れる車輪がついたと、勘違いしている人が多いように思えた。

三年前、休日の午前中に四ツ谷《よや》駅の近くの広い歩道を歩いていたら、向こうから若い男性が乗ったスポーツタイプの自転車が走ってきた。その前に私と同年輩のじじ初心者の男性がいて、こちらに向かって歩いてきていた。その自転車に乗った男性が、ベルを鳴らして通り過ぎようとしたとたん、じじ初心者が、

「こらああ」

と大声を出した。自転車の男性がびっくりして停まると、じじ初心者は、

「あなたっ、今、私にベルを鳴らしましたねっ。それは絶対にやっちゃいけないことなんですよっ。罰金ものですよっ。私が訴えたらあなた負けますよっ」

と彼の顔面めがけて指を差しながら、怒鳴りはじめた。じじ初心者は激高していっまでたっても彼の顔面を指差すのをやめない。いわれた男性は、ぽかんとしている。

しばらくじじ初心者はわめき散らしていたが、

「気をつけろ」

といい残して憤然と早足で立ち去ってしまった。自転車の男性は、狐《きつね》に抓《つま》まれたような表情で、自転車に乗って去っていった。私は事の顚末《てんまつ》を目撃して、それにしても、あんなに怒ることはないだろうと自転車の男性に少し同情した。頭のてっぺんから火を噴いて過剰に怒るじじを見て、ちょっと情けなかった。

新しい規則では歩行者に対して、むやみにベルを鳴らすのは禁じられているのかもしれないが、自転車の男性は彼をどかすという気持ちではなく、つい「通ります」というつもりで、ベルを鳴らしたのではないかと思う。ただ歩道がとても広く、そこにいたのは私とじじ初心者と自転車の男性だけだったので、鳴らさなくてもさっと通ってしまえば問題はなかった。だいたいスポーツタイプの自転車に乗っている人で、ベルを付けている人は少ないような気がするので、そういった意味では彼は良心的なほうだったのではないかと思う。じじはベルを鳴らされて、「どけ」といわれたような気分になったのだろうが、

(大人なんだから、もうちょっと穏やかに対応できませんか)

といいたくなった。

たしかに若い人の乗った自転車には、ひやっとさせられたことが何度もあった。彼らには歩行者優先とか、徐行などという言葉はなく、一度走ったら絶対に停まらないという意識を持っているかのようだった。それに対してじじやばばが乗った自転車は比較的安全だ。こちらが立ち止まる前に、彼らのほうがペダルから両足を下ろして、地べたに足を踏ん張って停まってくれるからだ。しかし車を運転していると、一部のじじばばは豹変《ひょうへん》するのである。

昨年、友だちとランチを食べて、外苑《がいえん》前を歩いていたら、突然、ドーンというものすごい音が聞こえた。音のした方を見ると、交差点の手前に、タクシーとその後ろにミニクーパーが止まっていた。タクシーの後部がへこんで、トランクパネルがくの字に折れ曲がっている。後ろの車がぶつかったのは明らかで、特に混雑しているわけでもないのに、誰が運転していたんだろうかと見てみたら七十代半ばの男性で、助手席には同年輩の女性が座っていた。二人はまるで土人形のように固まっていた。タクシーには乗客も乗っていたけれど、特に怪我《けが》をしている様子はなかったので、私たちはほっとしてその場を離れたのだった。

「前を見てちゃんと走っていれば、ぶつかるわけがないのに」

私が呆《あき》れると、友だちも、

「ぼーっとして気が抜けてるのよ。緊張感に欠けているんだわ、きっと」

高齢者のぼんやり運転の怖《おそ》ろしさを目の当《ま》たりにした。

高齢者の事故で、それもまあ気の毒ではあるが、起こした当人が亡《な》くなっただけで自己完結しているのならまだしも、他人を巻き込むのは罪が深すぎる。免許証の返納を呼びかけている自治体もあるようだが、都会だったら他の手段があるけれど、交通の便が悪い地方で高齢者の足である自家用車を奪われてしまうと、生活ができなくなる。家族の人数分だけ車がある家も多いと聞くから、じいちゃん、ばあちゃんから孫まで町中を走っている。年齢制限を設けて返納させるというのなら、車という足を奪われたときのシステムを作らないと、生活が成り立たない。しかしそのようなシステムを作るなんていうことは、この国はしないだろう。となると根拠のない、

「おれは大丈夫」

という高齢者の自信が悲劇を生み続けてしまうのだ。

高齢者の無謀な運転に呆れていたら、年末、私が当て逃げに遭ってしまった。当て逃げといっても接触だったので、どこも傷《いた》めず、といっても二の腕にはしばらく直径四センチくらいの痣《あざ》がうっすらと残っていたが、我が身に起こるとは想像もしていなかった。

午前中、十一時半頃、正月用の食材の買い出しをし、税理士さんに経理の書類を渡すため、通帳に記帳して帰ろうと、駅前の一方通行の道路を歩いていた。駅に隣接した踏切の左側に銀行があるので、その銀行に向かって歩いていた。そして入口まであと五歩というところで、通帳を取りだそうとエコバッグの中をさぐり、それを手にして顔を上げたら、私の目の前に車が迫っていた。怖いというよりも、感覚としては、

「ちか、ち、近いじゃないか！」

だった。道路の端を歩いていたのに、どうしてこんなに近い位置に車が来ているのだろうかと、一瞬、頭の中でぐるぐると考えたとたん、立ち止まった私の二の腕にサイドミラーがぐいぐいと当たってきた。

「ちょっと、何なの」

私がそうつぶやいたのと、サイドミラーがばたんと大きな音をたてて曲がったのが同時だった。その紺色のメタリック車を運転している奴の顔を見たら、私と同年輩かやや上の、白髪まじりの無精髭《ぶしょうひげ》のじじだった。助手席には妻らしき女性が座っていたが、そっぽを向いていた。目が合ったじじは、私に対して片手を上げて、私の背後の路地を右折していった。私はてっきりそこで停まっているものだと思っていたのに、いつまで経《た》っても奴がやってくる気配はなかった。

周囲には十人くらいの人がいて、私も含めて、みなぽかんと立ち尽くしていた。一人の男性が車が曲がっていった路地を走って見に行ってくれて、あわてて戻ってきて、

「すごいスピードで逃げて行っちゃったよ、何なんだよ」

と呆然《ぼうぜん》としていた。

「ええっ、ひどい」

「ぶつかりましたよね、大丈夫でしたか」

みんな口々に私に声をかけてくれた。

「ミラーが二の腕に当たっただけで大丈夫です」

二の腕はぐいぐい押されたけれど、どーんとぶつかったわけではないので、どこも傷めてはいなかった。自転車にまたがった年配の女性は、まるで自分が被害者のような表情で、

「大丈夫でしたか、こんなところで起こるなんて……」

と労《いたわ》ってくれた。

周囲の人の話では、その車は踏切でも一時停止をせず、路地を右折するときに、変な急角度で曲がっていったらしい。それでたまたまそこにいた私の腕に、サイドミラーが接触するような状態になってしまったのだ。私は周囲の人が私以上に憤慨したり、

心配したりしてくれて、かえって申し訳なくなり、

「大丈夫です。ご心配いただいてありがとうございます」

と頭を下げて帰ってきた。

衝突したのだったら、ダメージがあったかもしれないが、押されただけだったので、生活にはまったく支障がなく過ごしている。風呂に入るときに二の腕を見て、ああ、そうだったと思い出すものの、痣も日に日に消えているので、この程度で済んだのは不幸中の幸いだった。

高齢者の交通事故のニュースを見聞きしては、被害者に対して胸を痛めたり、じじばばに憤《いきどお》ったりしていたが、どこか他人事《ひとごと》だった。しかし駅周辺の人通りのある狭い道で、こういったとんでもない運転をする奴がいるのだ。踏切の前では一時停止。歩行者優先。右折するときは余裕を持ってハンドルを切る。万が一、何かあったときはすぐに車から降りて対応する。これらは歩行者と運転者の基本的なルールであるはずなのに、それを平気で無視する輩《やから》がいるのだ。

私も反省した。バッグの中をさぐっていたので、じじが運転した車が一時停止もせずに踏切を渡ってきたのに気がつかなかった。ちゃんと前を向いて歩いていれば、除《よ》けるなり何なり対処ができたはずだった。世の中は一歩外に出ると、危険がいっぱい

と身をもってわかった。それからは車が走る道路を歩くときには、つい、大名屋敷に忍び込んだ忍者みたいに、中腰になってきょろきょろと辺りを見回すようになってしまった。

「事故は他人事ではない。ぼーっとしていると自分もじじばばに殺される」

私は肝に銘じたのであった。

下流じじ

平日の午後二時すぎ、普通電車に乗っていたら、その電車の終点ひとつ前の駅でしばらく停まってしまった。その日の朝、架線に物がひっかかって、それを取り除く作業をしたために、路線の電車はすべて遅れがちになっていると、テレビやラジオのニュースで報じていた。すぐに車掌のアナウンスがあり、

「急行電車との兼ね合いで、時間調整をするために停車しております」

とのことで、私を含めて十人ほどの車両の乗客は、黙ってそれを聞いていた。すると私の斜め前の優先席に座っていた七十代半ばと思われるじじが、

「ちっ、ちっ」

と憎々しげに何度も舌打ちをはじめた。そして、

「ふんっ」

と上を向いて強烈な鼻息を出し、優先席の横の柵《さく》に肘《ひじ》を乗せ、不愉快そうに頬杖《ほおづえ》を

ついた。

電車は三分ほど停まったのちにゆっくりと動きはじめた。あと少しで終点の駅のホームに到着する高架のところで、再び停まった。

「前の電車がつかえていますので、しばらくお待ちください」

車掌のアナウンスを聞いた目の前のじじは、また、

「ふんっ」

と大きな鼻息を噴き出した。私はそのじじの鼻の穴から放たれた空気を吸い込むのは絶対に嫌だったので、空いていた席に移動して、

(このじじ、態度がでかくて感じ悪いわ)

と呆れながら、彼の様子をうかがっていた。酔っ払っているのかと疑ったものの、そうではなさそうだった。

すぐに動くかと思っていたのに、電車はなかなか動かない。それでも乗客はおとなしく座っていた。しかしそのじじだけは、強烈な鼻息の後、十秒おきに、

「ちっ」

と舌打ちをしていたかと思ったら、もごもごと小声で何事か喋《しゃべ》りはじめた。いったい何をいっているのかと聞いていたら、声を押し殺して、

「動けよ、動けったら動けよ」

ともの すごくいやそうにつぶやいているのだった。「動け」といったって、電車は同じ線路の上を走っているのだから、前のつかえている電車が動かないとどうにもならない。だいたいその日は朝からアクシデントがあったのである。ダイヤが乱れるのは仕方がないのだ。

再び、さっきと同じように、

「前の電車がつかえております。お急ぎのところお待たせして申し訳ございません」

と車掌のアナウンスが流れると、

「ちっ」

とより大きな舌打ちをし、

「あーあ」

と投げやりな声を出した。それがちょっと大きかったので、少し離れたところに座っている乗客も、あれっという顔で彼のほうを見た。

三分、四分経っても電車は動かない。するとそのじじは、

「早く動けよ。何やってんだよお」

と声が大きくなってきた。もちろん同じ車両の他の乗客の耳にも届き、ちらちらと

じじを見ている。私は、

（このくらい、我慢できないのか。それともそんなに急いでいるのか）

と横目でじじを見ていた。

じじの怒りはだんだん募っていった。

「どうして動かねえんだよ。ちゃんと動くと思って、○○（路線の名前）に乗ったのによお。あと十分しかねえじゃねえかよお。早く動けよお」

空《す》いた車内にじじの不愉快丸出しの声が響いた。朝から、ダイヤが乱れているって、ニュースでいっていたのだから、急いでいるんだったら他の路線に乗るか、他の手段で目的地に行ったほうがよかったんじゃないの。だいたい二十分も三十分も停まっているわけじゃないんだから、自分が早めに家を出りゃ済む話だろうと、じじにいってやりたい言葉を腹の中でいいながら、自分が早く家に帰りたいというより、

（このじじがうるさいから、とっとと動いてくれないかなあ）

とそればかりを願っていた。

「動けよ、はやく動けってんだよお」

じじは呪文《じゅもん》のように大声で何度もわめきはじめた。そして地団駄を踏むように、座っていた両足を力いっぱい音をたてて、だんっ、だんっ、だんっと、床にたたきつけ

るのを繰り返しはじめた。

（あー、壊れちゃった）

私は彼と目を合わせないようにして、下を向いたとたん、がたんと電車が動いて、ホームに入っていった。そこから先の駅に行く人は、それぞれ急行か普通電車に乗り換える。あれだけ文句をいっていたので、壊れたじじが、駅員に苦情をいうかと見ていたら、さっさと急行に乗り換えていった。その点はあっさりしたものだった。私は急行が停まらない駅が最寄りなので、その次の次に発車する普通電車に乗り換えて帰ってきた。

私は家に帰ってから、どうしてあのじじは、たった十分足らずの時間が我慢できないのかを考えた。年寄りになると老い先が短いので、時間は大切なのはわかるが、あんなに露骨にぶつぶつ文句をいい続けるのはみっともない。彼の態度は三歳児、五歳児並みである。その年頃でも、ちゃんとした子はたくさんいるのに見苦しいことである。スーパーマーケットで、よく自分の望みどおりにならないと、

「買ってえ、買ってえ」

と床に転がって絶叫し続ける子がいたり、親がやめろというのに、試食品に眼がくらみ、

「ちょうだい、ちょうだい」

と連呼する子供がいる。生まれて数年しか経っていない子供だったら仕方がないが、七十年以上生きたあげくに、病気でもないのに三歳児、五歳児に戻ってしまうのは情け《なさけ》ない。もしかしたら自分には特殊能力があり、「動け、動け」と腹立ちまぎれに口に出したら、電車が動くと信じているのだろうか。たしかに電車は動いたし、電車内での文句たらたらの様子とは違って、駅員にも文句をいわず、さっさと急行に乗り換えていったのは、自分が念じたから電車が動いたと思ったからなのかもしれない。

老人の子供じみた行動は勘弁して欲しいよと思っていたら、また妙なじじに遭遇してしまった。食材の買い出しに行ったショッピングセンターの入口横には、みんなが休めるようにベンチや椅子《いす》が置いてあり、いつも老若男女《ろうにゃくなんにょ》がくつろいでいる。そこに一人のじじがいた。電車で文句をいっていた人と同年輩の、大柄なじじである。ダウンジャケットを着てウールのパンツを穿《は》き、安全靴のようなしっかりとした靴を履いている。新書の『下流老人』を手にして読んでいた。椅子に座っているのはいいが、尻《しり》がほとんど座面から前にずれたような体勢で、通路に足を投げ出す格好になっている。彼の前を通るには、投げ出した足をよけて歩かなくてはならないのだ。

そこへ一人のおばあさんが、ショッピングカートを引きながらやってきた。投げ出された足はよけたものの、カートまで意識が届かなかったのか、カートの車がじじの足に当たってしまった。するとそのじじは、ものすごい勢いで立ち上がり、

「何するんだ、この野郎」

とそのおばあさんを大声で怒鳴りつけたのである。あまりの大声に周囲の人々がびっくりして見ていると、そのおばあさんは耳が遠かったのか、怒鳴りつけてきた彼を見上げ、笑いながらおっとり、

「あーら、ごめんなさい」

といった。そのいい方がどことなくかわいらしかったので、どうなることかと見ていた人々も、思わず口元が緩んだりしたのだが、じじは顔を真っ赤にして、

「『ごめんなさい』じゃないだろう、人の足にぶつけておいて」

と怒っている。

「ですからね、ごめんなさいね」

おばあさんはまたおっとりといった。

「『ごめん』じゃないだろ、あんた。これは人間の足、こっちは金属。どっちが弱いかわかるだろうが」

おばあさんは、

「はあ」

ときょとんとしている。裸足《はだし》だったのならともかく、あんな丈夫そうな靴を履いているくせに、それに自分のほうが歩行者の進路妨害をしているのに、自分のほうが弱いとか、よくいえるもんだと私はむっとしたが、遠巻きに見ていた人たちも、だんだん眉間《みけん》に皺《しわ》が寄ってきた。

「はい、ごめんなさいね」

おばあさんが頭を下げてそこから立ち去ろうとすると、じじは、

「おい、ちゃんと謝れよ、謝れ」

としつこいのだ。それを見ていた私と同年輩の男性と、因縁をつけているじじと同年輩の女性が、同時に彼らのところにささっと小走りで歩み寄り、

「ちゃんとこの方は謝っているんだから、もういいでしょう」

「そうよ、あなたしつこいわよ」

とじじに反撃した。加勢されたおばあさんは恥ずかしそうにしている。突然、横から伏兵が登場してきたのに驚いたのか、怒っていたじじは、「うっ」と言葉に詰まり、何やらもごもごと口ごもっていたが、さっきまでの横柄《おうへい》な態度とは打って変わって、私はただの通りすがりの者ですといった表情で、その場を離れていった。

「自分が悪いのに、何なの、あの人」

「おばあさん相手にひどいわね」

「最近、あんなのが多いんだよ」

大股《おおまた》でその場を去っていくじじの後ろ姿を見ながら、そういうおじちゃん、おばちゃんたちの声も聞こえた。おばあさんは、大変でしたねと声をかけられて、ただただ恥ずかしそうに、

「どうも、どうも」

と何度も頭を下げて去っていった。

物が当たったとか、怪我をしたとか、たいして痛くもないくせに、人の気を引こうとして大声でわめく子供がいるが、このじじも同じである。女性よりも男性のほうがずっと子供返りする度合いが激しい気がする。子供は日々学んで成長していくけれど、こっちはその希望がないのが悲しい。そのじじには金銭的な下流を心配するより、社会的に下流な行動をとる己の問題について考えてもらいたかった。

ヒステリックばば予備軍

先日、友だちと会ったら、彼女の知り合いが電車内のトラブルに巻き込まれて、待ち合わせの時間に間に合わなかったという。

「いつも時間前にきちんと来る人なのに、その日は来なかったから心配したのよ」

知り合いは、三十分以上遅れて待ち合わせ場所にやってきたのだが、

「電車の中でおばさん同士が喧嘩《けんか》して、大変だった」

といっていたというのだ。

その日の午前中、私はラジオで、その路線が乗客同士のトラブルにより遅延していると報じたのを聞いていた。

「乗客同士のトラブルって何だろう。朝っぱらから揉《も》めることなんてあるのかなあ」

と思っていた。その日と友だちが知り合いと待ち合わせた日にちが一致したので、乗客同士のトラブルが、おばさん同士の揉め事だったとわかったのである。

一部始終を目撃していた知り合いによると、おばさんといってもばばというような年齢ではなく、ばば初心者の見習いくらいの年齢で、もう一人はおばさんと呼ぶにはやや若手だった。事の発端は電車に乗るとき。ばば初心者見習いが、若手が並んでいるのに体をぶつけるようにして後ろから追い越して乗り込んだという。そのとき若手はよろめいて、むっとしていたらしい。そのままばば初心者見習い、若手、知り合いは電車に乗った。若手と知り合いはドア付近にいたのだが、ばば初心者見習いは奥のほうに入っていた。そのときまでは何事も起こらなかった。

そしてばば初心者見習いの降りる駅になったらしく、彼女が奥から出て来てドアから出ようとしたところを、乗るときの腹いせなのか、若手が彼女に対してわざわざ体をぶつけにいった。そこでばば初心者見習いが激高して、

「何するのよ、あんた」

とヒステリックに叫び、いわれた若手も、

「あんたが先に、乗るときに私にぶつかってきたんじゃないか」

とそれから蹴《け》りも入った大騒動になったというのだった。

「電車が止まっちゃったんでしょう。誰か二人を止める人はいなかったの」

「あまりにすさまじくて、そんなことできなかったんだって。知り合いはそばにいた

んだけど、立ったまま寝たふりしてたっていってた」

結局、勇気ある若者が割って入って二人を引き離し、誰かが駅員を呼んで電車から降ろしたらしいが、

「いい歳《とし》をして、何で朝っぱらからそんなことをするのかねえ」

と私はため息しか出てこなかった。夜、酒を飲んでのトラブルはたくさん聞くけれど、これから会社に行く通勤時間に、しらふでこんなに大喧嘩できる神経が信じられない。

私もこれまで生きてきて、日常で頭にくることはたくさんあった。特に私のように平均身長よりも背丈が低いと、存在をないことにされる場合が多かった。身長が高い人間に対しては、男女関係なく相手は遠慮をするが、そうでない人間に対しては、どうでもいいという気持ちが働くのではないかと思っている。

会社に勤めている頃、混み合った電車内で私の頭に新聞を載せて読むおやじがいたり、最近では歩きスマホをしていたハイヒールを履いた厚化粧の若い女が、一方的にこちらにぶつかってきたのに、私の顔をにらみつけ舌打ちをして去っていった。銀座通りでイヤホーンで音楽を聴きながら歩いていたら、いかにもデザイナーっぽい派手な服装の男性が、連れの男性と大きな身振り手振りをしながら歩いてきた。何だか感

じ悪い男と思いながら歩いていると、振り回した彼の手が私のイヤホーンにひっかかった。すると彼はこちらを一瞥《いちべつ》もせず、自分の手にからんだイヤホーンを地面に振り捨てて歩いていってしまったのだった。

「すみません」

のひとこともいえないのかと呆れかえった。ものすごく腹は立つが、彼らに対して、

「おらあ、ちょっと待てえ」

といったことはない。ただあまりに憎らしいので、腹の中で、(あのおやじ、駅の階段で頭から落ちて、角、角でおでこをこすって毛が抜けてしまえばいいのに)とか、(あの女、交差点のところの段差で足首がくねっとなって転べばいいのに)とか、(あいつ、隠していた仕事のミスがばれて、クビになればいいのに)と呪《のろ》ったのは事実である。ああいうふとどきな奴らがのうのうとしていることが許せなかった。私は心の広い人間ではないので、すぐに許すことなどとうていできない。どうせああいう奴らは、私よりも幸せな人生は歩めまいという結論を勝手に出して、憂《う》さ晴らしをしていた。これからは二度と彼らと会うことはないだろうから、ばかでかい蚊に喰われたと思って忘れよう、それで終わりだった。

しかし最近は、内容はどうであれ、むかついた出来事があったら、自分の目の前、

公衆の面前で屈服させようとする人が多いような気がする。私のように陰でこそこそっと呪うのではなく、大声や暴力でその場で勝ち負けを決めようとする。自分がどう思われようと、周囲に迷惑をかけようと関係ない。それが男性だけではなく、女性も結構やっちゃっているのが昨今の問題なのである。

周囲への迷惑を考えたら、とてもじゃないけど通勤電車を遅延させることなどできない。喧嘩をしたいのなら電車から降りて、ホームで勝手に二人でやればいいのである。それが判断できないくらいに頭に血が上っているなんて相当である。自分が今いる場所はどういうところなのか、そこまで我を忘れる人って、いったいどうなっているのだろうか。

世の中にはヒステリックな人は一定数いるから、たまたまそういった資質の二人がぶつかってしまい、あのような大勢の通勤客が迷惑を被《こうむ》る事態になったのだろうか。それにしても最近は、とにかく大声を出してわめいたほうが勝ちみたいになってきたのにはうんざりする。きっとそのばば初心者見習いと若手も、「大声を出したわめき&たまに蹴り合戦」で絶対に負けたくないので、あそこまでになってしまったのに違いない。これからああいった人たちが改心するとは思えないので、問題のあるばばが増えていくのは確実なのだ。

私の聞いたニュースと、友だちの話が一致したのがわかったその日、いつも通る帰り道が工事中だったので、迂回《うかい》して帰ったら、うちの隣のアパートの前に車が停まっていた。その傍らには女の子と、祖母らしい女性が立っていた。そこへ外階段の音をたてて、男性が両手で段ボールを持って、二階から降りてきた。しかしその持ち方が、箱を下から両手で抱えているのではなく、上の蓋《ふた》になる部分をつまんでいる。箱をぶらさげているような格好になっていて、中のものの重みで底の部分がふくらんでいた。

（ああ、あの人では）

思い当たったのは、夏の夜、その女性にどなりつけられていた男性である。白髪頭と容姿の雰囲気が見事に一致した感があった。女性のパワーのある堂々とした雰囲気に比べると、外見だけで簡単に負けが決まってしまうタイプの人だった。

私が車の横を通ろうとすると、その女性は穏やかに笑いながら、

「狭いのにすみません」

と頭を下げた。丁寧な人である。

「いいえ、大丈夫ですよ」

私がそういって通り過ぎようとすると、がしゃーんと大きな音がし、それと同時に、

「何やってんのよ、あんたああ」

ものすごい怒鳴り声が周囲に響き渡った。びっくりして振り返ると、車の開けたトランクの前に、割れたコップやガラス器、ペットボトルが散乱していた。

「だから気をつけろっていったじゃないさ。まったくもう」

その女性はさきほどの穏やかな表情とは打って変わって目がつり上がっていた。文楽の人形で一瞬にして恐ろしい形相に変わる、ガブという頭《かしら》があるが、まるでそれみたいだった。彼女は、

「もう、もう、もう」

と何度も大声を出した後、

「ちゃんときれいにしときなさいよっ」

と大声で叫んで、女の子と一緒に車に乗り込んでしまった。男性はしゃがんで、黙って割れたガラスやら、路上に落ちたペットボトルの始末をはじめた。私が部屋に戻って、十分ほどすると車が発車する音が聞こえたので、やっと出かけたようだった。

怒鳴りつけられた男性については、あれは怒られても仕方がないなあと呆れた。誰が見ても、その運搬方法はまずいでしょうという状態であり、ましてや中にガラス器が入っているのだから、もうちょっと考えるべきだった。これまでにも似たような鈍さ丸出しのことを何度もやらかして、女性をうんざりさせていたのだろう。とはいえ

前も、彼女の彼に対する、取りつく島のない態度に驚いたが、あんなにヒステリックに怒鳴りつけなくてもと、少しだけ彼が気の毒になった。

昔は「気が強い」という言葉があったが、今は女性のほとんど全員が気が強いので、死語になった。最近も中学受験に失敗した女子の話を聞いた。失敗したといっても、第二志望の学校には入学できたのである。彼女には小学校低学年の弟がいて、理系の学校を目指したいというので、両親がそれに見合った塾に入れようとしたらその女子が、

「自分にはそんなことをしてくれなかったのに、弟をその塾にいかせるのは許せない。こんな不平等があっていいのか」

と大声で泣き叫んで大変だったという。両親が彼女に事情をいい聞かせる隙《すき》も与えず、その場を治められないほどの剣幕だったらしい。

私は、彼女は第一志望の学校に落ちた直後で、気落ちして精神状態が不安定になり、そのような態度にでたのではないかと話すと、その顛末を教えてくれた人が、

「そうでもないらしいのよ。ここ一、二年のうちに特にひどくなってきたんだって」

という。女子の母親がため息まじりに、

「十二歳にもなると内面が顔に出るのね。うちの娘、ものすごくきつい顔になってき

た」

といい、娘が家にいると怖くて仕方がないと、両親は怯《おび》えているそうだ。親子関係が妙な方向にいっているような気がするが、他人様の家庭のことだから、ご両親はじめ周囲の大人たちで、うまく治めてくださいというしかない。そして残念ながらヒステリックなばば予備軍が、次々に各世代で育っているのがよくわかったのであった。

英語じじ

私の知り合いの女性は、対面式座席の電車で通勤している。その朝、四人掛けの座席には、身なりのいい七十代後半のじじと、Gジャンにロールアップしたジーンズを穿き、頭に黄色のバンダナを巻いた、靴下にサンダル履きの男性がいて、彼は一心不乱にノートパソコンのキーを叩《たた》きまくっていた。

(ずいぶん大変そうだな)

彼女は背中を丸めて必死になっている彼の姿を眺めていた。

しばらくすると彼女の前に座っていたじじが、ブランドものの男性バッグの中から、スマホを取り出した。そしてそれを手にして、人差し指で画面を触りながら、ぶつぶついいはじめた。いったい何をいっているのかと聞いていたら、

「シット」「ファックユー」

と繰り返していた。

（聞き違いか）

とびっくりしていたら、はっきりとその言葉を吐いたのが聞こえた。日本語英語的発音だった。

朝っぱらから、それも通勤電車の中で、どうして高齢者がそんな言葉を吐くのだろうと不審に思っていると、次には、

「アスホール」

も加わった。しかしそれを誰にめがけていうわけでもなく、指で画面を操作しながら、スマホに向かっていっているのだった。

（どうしたんだ、このじじい）

彼女は車内で読もうと本を持っていたのだが、それよりも向かいに座って、卑猥《ひわい》なスラングをいい続ける不気味なじじいのほうに興味がわいてしまい、寝たふりをしながら薄目を開けて彼を観察していた。

彼は仕立てのいい明るい色のジャケットの下に、チェックのボタンダウンのシャツを着ていた。パンツもきちんとプレスされているし、靴もきれいに磨かれている。頭髪にも乱れはなく非の打ち所がない。一見、品のいい悠々自適な高齢男性である。なのにその口から吐かれるのは、いっちゃいけない英単語ばかり。日本なのでそれらを

口に出したとしても、外国にいるよりは問題は起きないだろうが、日本にも意味がわかる人はいる。知ってはいるけれど、口には出さないのが大人の嗜《たしな》みだろうと思うのだが、このじじはあからさまに、発言し放題なのだ。

彼は自分が思うようにスマホを操作できないらしく、延々と卑猥な言葉を吐き続け、新たに「サンオブアビッチ」と「マザーファッカー」まで加わって、いっちゃいけない言葉の、オールスターそろい踏みになってしまったのだった。

いつの時代でも変態野郎はいるもので、私が若い頃は、日本語の放送禁止用語を、女子に対していい放ち、恥ずかしがらせるというろくでもない奴《やつ》らがいた。しかし私は恥ずかしがるようなタイプではないので、変態野郎からそのような言葉を、にやにやしながら吐かれたときには、

「はあ？」

とどすのきいた声で聞き返していた。すると奴らは予想外のリアクションに驚いたのか、急に目が泳ぎだしてあわてて逃げたりした。逃げるときにはこちらを振り返り、私が仁王立ちになってにらみつけているのを見ると、加速して逃げていった。もちろん私はすぐに交番にいって、

「こういう変な男がいました」

と報告するのも忘れなかった。

友人も私と似たような性格ばかりで、身長一七〇センチの空手有段者の女子は、同じような言葉をいわれて、

「なにを？　てめえ、何いってんだかわかってんのか」

と腕を振り上げて一喝した。彼女は髪が長くて顔立ちも愛らしく、変態ではなくても、男性だったらつい声をかけたくなるタイプだった。すると奴は、

「ひええ、ご、ごめんなさい」

と情けない声を出し、腰をがくがくさせながら逃げていったという。もちろん彼女も淡々と、

「こんな奴がいました。追い払っておきました」

と交番に報告するのを忘れなかった。

こういう輩は、言葉を発することによって、自分が想像するエロの状況を作り出そうとしているわけで、それはそれでわかりやすい。しかしその英語スラングのじじは、乗車時間が二十分経過しても、ずーっとスマホの画面を操作し、スラングを連発し続けている。そんなに長い時間、彼が望むような画面にならないスマホって何なのだろうと、彼女は彼のスマホをのぞきたくなったほどだった。

「その人と同年配の女性が困っているようだったら、お手伝いしましょうかっていいますけど、いくら身なりがよくても、延々と『ファックユー』だの『サンオブアビッチ』だのをいい続けているじいさんに、声なんかかけられませんよ」

日本人でも英語が堪能《たんのう》な女性だったら、セクハラだと怒って席を立ってしまうだろう。しかし彼女は薄気味悪いと思いつつも、薄目でじじを観察し続け、やっと終点に近づいた。彼女はほっとして、降りる準備をはじめると、じじはようやく操作が上手《うま》くいったらしくスマホの画面を見てにこっと笑い、

「あー、はいはい」

といいながら納得したように何度もうなずいた。「アイディドイット」とはいわなかった。

駅に着いてドアが開く寸前、彼は突然、必死に仕事をしていた男性の手を一方的に握り、

「ハブアナイスデー」

と日本語風発音で明るくいって電車を降りていった。ノートパソコンを鞄《かばん》にしまおうとしていた手を突然握られた隣の彼は、びっくりしてじじの顔を見上げ、されるがままになっていた。そして彼女もびっくりしたのは、これまでずっと男性だと思って

いたその人が、顔を上げたら五十すぎのおばさんだったことだった。

「ものすごく濃い朝で、その日は一日脱力しちゃって会社でも調子がでなかったです」

もしも私が彼女だったら、同じような気分になっただろう。ひとつの要素だけでも濃いのに、それが三連続で襲ってくるなんて、濃厚すぎる。私は「ハブアナイスデー」と聞いて、ウィッキーさんを思い出したりもした。

彼女の話によると、英語の発音から考えて、じじは外国人でも二世、三世でもないらしい。

「外国生活が長かったのかしら」

「それだったらよけいに、卑猥なスラング連発はまずいですよね」

それはそうである。どんなに身なりがよくても即刻アウトである。となるとそのじじは、それがひどい内容の語句であっても、英語ができる自分を自慢したかったのだろうか。

「ということは、私はそのスラングを理解できないであろうと思われたわけですね。馬鹿《ばか》にされたっていうことでしょうか」

「向かいに外国人が座っていたら、絶対にそういうことはしないはずよね。そう考えると、何らかの目論《もくろ》みがそのじじいにはあったんでしょうけど」

「いやですねえ。気持ち悪いです」

彼女と私は同じように顔をしかめて、ため息をついた。

英語を話すじじでは、印象に残っている人がいる。それは高齢者の集団お見合いに潜入したテレビ番組だったのだが、そこにいたじじの一人が英語じじだった。立食パーティーで飲み物を手に周囲の女性たちと話していると、「オー、ホワットシュッドアイドゥー」とか「ホワットキャンアイドゥー」とか「オーマイゴッド」とかを連発するのである。もちろん周囲にいるのは、英語圏ではない日本人の高齢女性ばかりである。それを会話の途中で、ひときわ大きな声でいうものだから、やたらと目立つのだ。

ライバルのじじたちに差をつけるのは、自分の英語力と考えたのかもしれないが、そうはいってもネイティブスピーカーと変わらない英語力ならともかく、英語教室に通っている幼児たちのほうが発音がいいというレベルだ。その程度の貧しい英語力で自分を底上げし、伴侶《はんりょ》を見つけようとするなんて、どういう魂胆なんだと、私は画面の中の薄っぺらい英語じじをにらみつけていた。とうていこんな奴は好かれまいと想像していたとおり、高齢女性の目は節穴ではなく、彼はどの女性からも声がかからずに去っていった。

私は英語を話す必要がない状況で、さも得意げに英語でべらべらしゃべる男性を見ると、うんざりしてくる。学生の頃、みんなで話しているときに、相槌《あいづち》を打つかわりに「リアリー？」などと英語でいったり、女の子と話しているときに、自分のしゃべることができる英語のフレーズだけ、会話の中に差し挟むという、わけのわからない男子もいた。もちろん女子からは馬鹿にされていた。経験からいって、英語が堪能な女性で、英語で話す必要がないときに、これみよがしに英語を使うような人はいない。

しかし「英語ができるおれはすごい」をアピールするつもりなのか、どうでもいいときに英語を使いたがる男性がいる。そしてどいつもこいつも、中途半端《はんぱ》な英語力しかなく、自慢げにアピールするセンスが信じられない。その程度だったら、黙っとけといいたくなる。

英語を話せてかっこいい男性というのは、英語が必要なときに素早くコミュニケーションがとれて、物事に対処できる人である。そして英語など堪能でなくてもいい。一生懸命、つたない言葉で自分の意思を伝えようとしている人がいい。それをどこか彼らは勘違いしている。英語ができる人間はすごいという変な意識から、抜け出られないのだろう。

高齢者の集団見合いのじじは、ただの空回り老人だが、通勤電車の卑猥な英語スラングじじはいったい何だったのだろう。終始観察していた彼女と、私があれこれ考えたあげく、彼は英語を勉強しようとしたものの、英語の簡単な挨拶《あいさつ》と、興味がある卑猥なスラングしか覚えられなかった。だから最後が「あー、はいはい」なのである。そして観察していた彼女ではなく、隣で忙しそうにしていた男性（実はおばさん）に握手を求めたのは、薄目であっても、彼女の疑いの目つきに気がついていたからに違いない。

「もしも私に握手を求めてきたら、手を払いのけて突き飛ばしちゃったかもしれません」私は彼女の言葉にうなずきながら、こちらが不信感を抱くじじは、年の功なのか妙に危機管理に長《た》けていると感心したのだった。

ばばのファッション

私が今住んでいるマンションに引っ越してから二十年以上、駅への道のりでよく会うばばがいる。私よりも確実に十五歳は年上の彼女は、引っ越し当初から、いつもびっくりするような服装だった。色白でやせ形の人なのだが、白髪の頭は三つ編みお下げにして肩に垂らしている。その頭にはチェックのリボンが巻かれていて耳の横で蝶《ちょう》結《むす》び。ブラウスもフリルがたくさんついているのが好みで、パフスリーブが多かった。そして下はだいたい赤系の柄物で、膝上《ひざうえ》二十センチはあるプリーツかギャザースカートだった。どういうわけか買い物帰りのときだけに会い、彼女の手にはいつもスーパーマーケットのレジ袋がぶら下がっていた。観光地には、背景に絵が描かれて、顔の部分がくりぬかれた顔はめ看板がある。そこに「かわいい女の子」という看板があったとして、おばあさんが笑いながら顔を出した写真が、そのまんま歩いているといった感じだった。

「十代の孫の服を着ています」

といわれたら、

「ああ、そうでしょうねえ」

と誰もがうなずくファッションなのだ。

もしかしたら認知が難しくなる病気を発症していて、自分がどういう状態なのか、おわかりにならないのかなと、お気の毒な気もした。しかしあるとき彼女が、顔見知りらしき年配の女性とばったり会い、きちんと挨拶をし、世間話や最近のニュースの話をしているのを見て、その疑いは消えた。彼女は本気であの服を着ていたのである。

それから何十回も彼女を見かけたが、冬でも膝が隠れる丈のスカートを穿いているのを見たことがない。最初に見たときから、徹底して膝上二十センチを守っている。白髪のお下げ髪は毛量が少なくなってボリュームはなくなったが、不動のヘアスタイルになっている。リボンも耳の横で蝶結びになっていることもあれば、お下げ髪に一本ずつ飾られていることもある。

つい最近は、白襟、白カフスの赤いタータンチェックの膝上丈のワンピースを着ていた。あのデザインはどこかで見た覚えがあると調べてみたら、柄は違うけれど乃木《のぎ》坂《ざか》46の衣裳《いしょう》によく似ていた。そしてパフスリーブの透け感のあるワンピースや、制服っぽい丈の短いジャケットなど、ことごとくばばのファッションと一致するものがあり、昔はそうではなかったが、今は着る服をアイドルに寄せているのだとわかった。同じ服は売られていないはずなので、彼女が着ていたのは手作りではないかとにらんだ。だいたいどんなにスタイルがよくても、七十代の人が十代の服を着ようとしたら、絶対にどこか変になるのだが、彼女の場合はスカート丈など、いかがなものかと首をかしげる部分はあるが、サイズ的には合っている。その年齢の女性には洋裁が得意な人も多いから、テレビや雑誌でアイドルの着ている服を見て、洋裁のテクニックを駆使して、パターンを起こし、縫っているのではないかと思う。

他人に何の迷惑もかけていないし、人それぞれ好きな格好をすればよいので、私がとやかくいう筋合いではないが、最近はコスプレに近くなってきている。しかしご本人がとても人の良さそうな穏やかな表情をなさっているので、服装にびっくりはするけれど、いやな感じはしない。それはとても大事で、こちらが見慣れれば何ともないのである。

中高年になると、いったいどんな服を着たらいいのかは、女性だったら誰しも悩む。着たい服はサイズが合わなかったり、サイズが合う服はデザインがいやだったり、八方ふさがりになる。体形もどんどん崩れてくるので、それをうまくカバーしてくれて、自分の好みにも合い、そして財布の中身にも合うものを探すのが面倒くさく、うんざりする。しかしこれだけ世の中に服があふれているなか、必ず自分が求めているものはあるはずなのだ。また変に自分の好みに固執しないで、年齢によって着られる服が違って楽しいと、悲観するよりも気持ちをそちらのほうに持っていくほうが、自分も幸せだし楽しい。

ふだんはBSのテレビ番組は、ネコ関係とドキュメンタリー以外は見なかったのだが、テレビの予約録画の仕方を間違ってしまい、BSの某クイズ番組も録画されてしまった。出演者のほとんどは若い頃に活躍して、現在四十代から七十代のタレントや、スポーツ選手だった。「クイズ兼あの人は今」的な要素がある番組で、地上波で諸般の事情があって、出演が難しい人も出ているのがとても面白かった。

その、あの人は今的な出演者のなかで、私よりも少し年上のタレントの女性がいた。若い頃は大人気で、ジャンルとしてはお色気系だった。しかし明るく元気のいいキャラクターだったので、細身で胸が大きくてもいやらしい感じはせず、あっけらかんとしたタイプだった。しかしあるときから姿を消し、私は何十年ぶりかで彼女の姿を見たのだった。

私よりも年上なのに、体形も細身のまま、ヘアスタイル、甲高い大声での話し方、ファッションの派手な色使いも変わらなかった。

「わあ、懐《なつ》かしい」

と喜んで見ていて、彼女の顔がアップになった瞬間、うっと息が詰まってしまった。他は全部若い頃のままなのに、顔だけがおばあさんだったからである。下手にしわ取りなどを施していない（もしかしたらしていたかもしれないが）のは好感が持てたけれど、女性が内面、外見の両方でバランスよく歳を取るのは難しい、特に人前に出る人は大変そうだと、もの悲しい気持ちで画面を眺めていた。もう少し、彼女の立ち居振る舞いやファッションが違っていたら、印象が変わったのは間違いない。

知人の説によると、傍《はた》から見て内面、外見に関して、

「あれはちょっと……」

といいたくなる中高年は、いちばん若くていけてる頃の自分を忘れられない人だという。その頃の自分は残念ながら永遠ではないのに、彼らは切り替えができず、そう思い込んでいる。だから他人がいくら首をかしげても、本人はまったく気にしていない。彼らにとってはそれが自然な姿であり、わざとそうしているわけではないからというのだ。

以前、年上の男女一人ずつと私とで話をしているとき、私は同席していたその女性の態度に驚いた経験がある。以前から彼女はどんな人とでも、ごく普通に会話をかわしていたのだが、その男性に対してだけは声のトーンもふだんと違って鼻にかかり、

「うふ〜ん」「ぐふ〜ん」

という雰囲気になっていた。十代、二十代のときは、そんな女の子もいたが、私は話の内容よりも、年上の彼女の媚《こ》びた話しぶりやしぐさのほうに関心がいってしまった。ふだんからそういう雰囲気を醸《かも》し出していれば、ああやっぱりねとか、またやってるとか、そう思いながら見ていられるが、まったく想像もできない人がそんな態度になったので、ただただびっくりしたのである。

その話を彼女と共通の知り合いにしたら、

「あの人、学生時代にものすごくもてたんですって。今の姿からは想像もできないけど。だからそのときの女としての自信が、今でも残っててそうさせたんじゃないの」

といった。彼女は二十年、三十年後の自分にも「もてる私」をずっと棲《す》まわせていた。実はすでに「もてる私」はどこかにいっちゃったのにだ。

某所に行くと、そこでよく見かけるばばがいた。年齢は七十代後半か八十歳を超えているかもしれない。白髪のロングヘアでそして強烈に痩《や》せている。はじめて見たと

きは、シャネルスーツを着ていた。カチューシャ、パールのネックレス、ブローチを、じゃらんじゃらんとつけまくっていて、上から下まで靴もシャネルだった。身につけていたものはすべて本物だと思う。スカート丈も膝上で、ファッション雑誌のグラビアのモデルが着るような格好で歩いていた。

服やアクセサリーは申し分ないが、問題はそれを着ているばば本人である。申し訳ないが、最初に見たときは、何かのデモンストレーションかと勘違いしてしまった。「痩せているのが美しい神話」が彼女にはずっとあるのか、細面の顔はしわだらけ、手足もまったく肉付きがなく、骨に皮がへばりついたかのように筋張っていて精気が感じられない。怖いもの見たさで近づいていったら、しわだらけの顔に派手な化粧をした、即身仏のようだった。身長は私よりも高かったけれど、見た感じでは体重は三十キロ台に思えた。とにかく「生」が感じられない人だったのだ。

細い針金のような指の先の真っ赤な長い爪《つめ》も怖かったし、膝上のスカートからは細すぎる足が出ていて、老女特有の湾曲したカーブを描いている。歩行が辛《つら》くなっているのか、歩くのもがに股で、そんな状態だったらヒールを履くのも辛いはずなのに、それをものともしないほど、ファッションへの意気込みが強いようだった。彼女が婦人服売り場を睥睨《へいげい》しながら歩いていくと、ただならぬ気配に思わずさーっと人が両《りょう》脇《わき》によける。主人公は即身仏だが、映画『十戒』の海が割れるシーンを思い出した。

次にそのばばを見かけたのは夏で、ノースリーブのミニ丈のワンピースを着ていた。ブランドはわからないが、生地や仕立てのよさから、ハイブランドのものだろう。相変わらずつけていないアクセサリーは何もないほど、じゃらんじゃらん状態だった。夏服は露出する部分が多い分、もっと痛々しかった。二の腕の太さなど、私の手首くらいしかなかった。しかし何でも身につけていればいいというタイプではなく、彼女にはファッションセンスが感じられたので、もともとは業界にいた人だったのかもしれない。金銭的にも余裕があるのだろう。

そのとき私と一緒にいた女性は、

「痩せていればきれいという感覚が、あそこまでいくと見ていて悲しくなるわ。もう抜け出せなくなっているのね」

と気の毒そうな顔をした。しかしそのばばの目には、傍目には即身仏でも服が何でも似合う美しい自分として映っているのだ。うちの近所の乃木坂46に寄せているアイドル風ばばも、白髪のお下げをささっとまとめて、柔らかい色合いの小紋に塩瀬の名古屋帯を締めたら、どんなに似合って素敵だろう。ハイブランドばばも肉がついたほうが素敵なのにと私は思う。しかし絶対に他人の意見に耳を貸さない、我が道を行く頑《かたく》ななばばたちからは、「余計なお世話！」と完全無視されるに決まっている。そしてばばたちの人生は続くのである。

痴じじ、痴ばば

最近、電車での痴漢のニュースをよく耳にする。車内で痴漢をしてホームに出たとたんに飛び降り、線路を走って逃げる姿がテレビで何度も流されていた。なかには実際は痴漢行為などしていないのに、罪をなすりつけられる気の毒な男性もいて、その人は周囲の人から触っていないと証言してもらって、冤罪《えんざい》をまぬがれたそうだ。しかし疑惑は晴れたとしても、気持ちは収まらないだろう。

なかには質《たち》の悪い男女がぐるになって、女が触られたと騒ぎ、男がターゲットになった男性に対して、「触っているのを見た」と嘘《うそ》をついて、金をゆすったりするらしい。運悪くターゲットにされた男性が気の毒でならない。きっとそういう奴らは、みんなの前で大声で反論、反撃できないような、おとなしい人を狙《ねら》ってやるのだ。

以前、知り合いの七十代の方が、詐欺《さぎ》に遭った。「お宅の息子が痴漢をした」と弁護士を名乗る男から電話がかかってきて、示談金として三百万円を払わなくてはならないといわれた。その方は知性的で落ち着いて見えたのに、「痴漢」という言葉に気が動転してしまい、家にお金を取りにきた若い女性に、お金を工面して渡してしまった。夫や息子が、「痴漢をした」といわれて、

「ああ、やっぱりね」

と納得する妻や親など一人もいない。騙《だま》されるのは、それだけ「痴漢」は身内を動転させる大変な事柄だからなのだ。

私も十代、二十代の頃は何度も痴漢に遭った。しかし私は徹底抗戦を貫き、手のひらを力一杯つねる、当時はヒールのある靴を履いて通勤していたので、ヒールで痴漢の足の甲に全体重をかける、空《す》いている車内でやられたときは、ハンドバッグで殴りつけたこともある。そんなつもりはなかったのだが、四角いバッグの角が脳天に当たってしまい、そいつは頭を押さえてしばらくその場にうずくまっていたが、よろめくようにして電車を降りていった。

家に帰ってそんな話をするたびに、母は、

「頼むから反撃するのはやめて。逆上した相手に何をされるかわからないから」

といった。そこで私は、

「それでは黙って泣き寝入りしろというのか。あんな失礼なことが、あっていいと思

っているのか」

と怒ると、母はため息をついて黙ってしまった。今は痴漢撲滅に対して意識が強くなり、周囲の人々が協力してくれるようになったが、私の若い頃は声をかけて助けてくれるのは、年上の女性ばかりだった。男性のほとんどは知らんぷりか、ひどいときにはにやにや笑ったりしていた。昔に比べればこういう面では、多少はましになっていると思う。

私が二十代の頃も痴漢はたくさんいたし、今も被害を受けている人はたくさんいる。私が被害に遭った痴漢の年齢は、全員三十代で私よりも十歳くらい年上の奴ばかりだった。なかには有名企業の社章をつけている輩《やから》もいた。最近のニュースによると三十代、四十代の痴漢が多いようだ。延々と痴漢は一定数棲息《せいそく》して、周囲に不快な思いをさせているのである。

そこで考えたのが、年を取った痴漢は何をしているのかということである。たとえばその有名企業に勤務していた奴は、二十代で就職し、六十代になって定年を迎える。満員電車に乗る日常は、会社員の間は続くわけだが、定年後の高齢者になった奴らは、どこでそういった行為を続けているのだろうか。

途中で改心してやめる奴もいるかもしれないけれど、ああいう性的な類《たぐい》のものは悪《あ》しき性癖なので、完全に治るとは思えない。となると痴漢の悪癖を持ったまま、じじになる。なかには加齢をものともせず、体力的にも弱くなっているのに、満員電車に乗る奴もいるだろう。ああいう輩は欲のほうが勝ってしまうのかもしれない。

そんな話を友だちにしたら、

「歳を取って満員電車に耐えられなくなったら、奴らは空いている電車の座席に座って、隣の女性を触るのよ」

といった。

「全車両を歩きまわって、女の人の隣が空いている席を物色しているに違いないわ」

「でもそううまく、隣が空いているわけでもないでしょう」

「時間はたっぷりあるから、だめだったら降りて次の電車を探すか、他の路線に行くんでしょう」

「ははあ、なるほど」

満員電車からはずれた時間帯に、座り痴漢に遭った友だちによると、他にも席はたくさん空いていたというのに、その五十代の男は彼女の隣に座り、自分の膝の上にジャケットをのせて、その下で手を伸ばして触ってきたのだそうだ。彼女が奴が膝の上にのせていたジャケットを床にたたきつけ、

「ちょっとこっちに来なさいよ」

と電車から降ろそうとしたら、手すりにしがみついて激しく抵抗した。すると同じ車両にいた通学途中の男子大学生と中年の会社員の男性が、奴を手すりから引きはがすのを手伝ってくれたという。そばに座っていた母娘《おやこ》らしいおばあさんとおばさんの二人連れは、

「あんた、そんなことして恥ずかしくないの。奥さんや子供が泣くよ」

と奴に向かって怒鳴ってくれた。奴は痴漢行為がばれてからずっと、

「すみません、すみません」

と涙を流して小さな声で呟《つぶや》いていた。

(泣くくらいなら触るんじゃない！)

彼女は憤慨しながら駅で事情聴取を受け、奴もあっさりと認めた。彼女は急ぎの用事があったので、その場を去ったため、後は知らないといっていた。

「絶対またやると思うわよ。泣けば許されると高をくってるんじゃないの」

そういう輩は、もしも自分の娘が痴漢に遭ったらどう感じるかも想像できない情けない人間なのだ。

じじになった痴漢について考えているうちに、中学校での出来事を思い出した。私

は卓球部に在籍していて、部活動の前後に着替えをする必要があった。更衣室に指定された空いている教室で着替えをしていると、新しく赴任してきた、総白髪で当時五十歳くらいの教頭がのぞきに来た。それも突然、ガラッと戸を開け、

「早く帰りなさい」

という。下校時間は守っているので、違反していない。顔は怒った顔だったが、更衣中の女子生徒の姿をじろりと眺めて、なかなか立ち去らないのだ。そしてひとしきり見回した後、黙って戸を閉めて去っていった。それが二回あって、もちろん部員は怒りまくった。

いちおう私が部長だったので、生徒からの人望が厚かった、私の担任の男性の先生にいいつけると、

「ええっ」

と絶句した後、

「情けない、ああっ、情けないなあ。わかった、先生が何とかするから安心しなさい」

といってくれて、それ以降はスケベ教頭の堂々としたのぞきはなくなった。それでもエロじじには間違いなく、ああいう奴が電車の中では痴漢をしているのではないか

と疑っていたのだ。

母が入院していた病院でも、前が全開になる膝丈のワンピース風の入院着を着ている女性の入院患者の部屋をのぞいて、にやにやしているじじがいた。彼ももちろん同じような入院着を着ているので患者なのである。年齢は七十過ぎに見えた。女性の患者はほとんどが高齢者で、動くたびに裾《すそ》がまくれたり、いちばん下のボタンがはずれていたりするのを、そいつは自分の移動式の点滴スタンドにもたれかかりながら、にやついて見ている。私がにらんでいることすら気がついていない。これは看護師さんにいわなくてはと思っていたら、ものすごい形相の師長さんが大股《おおまた》でやってきて、

「またやってる！　あんたは何度いったらわかるの！」

とそいつを怒鳴りつけ、文字通り首根っこを摑《つか》んで、点滴スタンドごと引きずっていった。それ以降、病院に行って奴の姿を見ることはなかった。自身も体調が悪くて入院しているのに、点滴をしながらそれでも見たいというそのスケベ根性に、呆《あき》れかえった。

あれこれ痴漢系じじの行動を思い出していたら、勤め人時代の話も思い出した。会社で私が一人で事務の仕事をしていると、授業を終えたアルバイトの学生がやってきた。そしてまじめな顔で私のところに歩み寄り、腰をかがめ声を潜めて、

「大変なことが起こりました」

といった。びっくりして、

「どうしたの？」

とたずねると、彼はしばらく口ごもった後、

「おとといの夜、痴女に遭いました」

というのだ。その日の夕方、授業を終えた彼は、友だちと一緒に、もう一人の友だちが住むアパートに遊びに行き、帰るために終電に乗った。電車は上りなのでとても空いていて、その車両には彼らしかいなかった。二人が七人掛けの座席に座っていると、三十歳くらいのＯＬ風のきれいな女性がやってきて、向かい側に座った。彼女はにっこりと彼らに笑いかけた。美人に笑いかけられて、ぽーっとしていると、彼女はそろえていた膝をどんどん開き大開脚状態になった。そのうえ下着を穿《は》いていなかったのである。彼らが目を丸くしていると、彼女はにっこり笑ったままだったという。彼らはあわてて別の車両に移り、二人でその出来事について確認し合い、頭の中がぐるぐるしたまま、その日は別れたというのだった。

偶然、見せられてしまった彼らは、あまりにショックで、無料で見られて得したと、はしゃぐ精神的な余裕もなく、

「なぜ彼女はそのような行動に出たか」を心理学的な見地から論議したという。

「でもわかりませんでした」

彼の顔はこわばったままだった。

現在、かつて私が遭った有名企業の痴漢は七十代半ばのじじになっているだろう。スケベ教頭はすでに死んじゃっているだろうし、点滴エロじじは七十代後半、青少年を茫然《ぼうぜん》とさせた痴女は六十代後半のばばだ。よく高齢者が生々しいエロ話をすると、

「それが若さの秘訣《ひけつ》ですね」

などという奴がいるが、実は昔の悪癖の果てなんじゃないかと、私はちょっと疑っている。極端にそういう話を避ける奴も怪しい。不愉快な行動をとる輩には、情けないがそのつど師長さんのように誰かがきつくお灸《きゅう》を据えなくてはならない。痴漢系の不愉快なニュースを耳にするたびに、私の右の拳《こぶし》はわなわなと震えてくるのだった。

愛《め》でるじじ

ずいぶん前の話だが、そのとき私は買い物を済ませ、人通りの多いショッピングモールの通路を歩いていた。すると突然、向こうから歩いてきたじじが、

「おおっ、よっしゃあ。こっち来ーい」

と大声を上げた。そして大股を開いてそこにしゃがんで蹲踞《そんきょ》の姿勢を取り、両手を大きく開いた。

(いったい何が、よっしゃあなのか?)

首をかしげつつ、彼の視線の先を追い、振り返ってみたら、そこにミニチュアダックスを三匹連れた中年女性が歩いていた。一瞬、

(飼い主の女性に、こっち来ーいといったのか)

と思ったが、そうではなくて、じじはイヌ三匹に向かって声をかけたのである。

するとイヌたちも呼ばれたのがわかったのか、そのじじの開いた股の間めがけて、

急に走り出した。飼い主の女性はイヌ三匹が加速したものだから、引っ張られて転びそうになっている。

「こら、やめなさい、待ちなさい」

イヌたちは飼い主のいうことをきかず、じじの股間《こかん》に突進して、ちぎれんばかりに尻尾《しっぽ》を振っていた。

「おーし、おしおし。うわっはっは」

じじはたくさんの人が歩いている通路で、他人の目も気にせず、股間に三匹のイヌをためこんで撫《な》で回している。イヌたちもじじと気持ちがつながったのか、立ち上がって彼の顔を舐《な》めたり、ジャンプして飛びついたりしている。

「うほ、うほほほ。よーし、よーし」

じじの大きな声がショッピングモールの通路に響き渡り、行き交う人が何事かと声のするほうを振り返っていた。

問題なのはイヌたちの飼い主である。じじとイヌたちから、完全に置き去りにされていた。今は昔と違って、飼いイヌに触りたいときには、飼い主に声をかけて、

「触ってもいいですか」

とたずねるのが礼儀だと思うのだけれど、きっとじじのような年齢の人たちは、そ

んなルールを知らないのだろう。目に入ったら飼いイヌでも何でも、ずかずかと近寄って、勝手に触るような時代を過ごしてきたからだ。当時は飼い主もそれで何とも感じなかったと思うけれど今は違う。じじと飼いイヌの勝手な行動に巻き込まれた飼い主は、リードを伸ばしたまま離れてぼーっとしていた。不愉快そうな顔はしていなかったが「苦笑」といった雰囲気で立っていた。彼女はじじがムツゴロウ化している間、立ち尽くすしかなかったのだ。

「本当にお前たちはかわいいなあ。よーし、よーしよし。お前たちもじいちゃんが好きか。よーし、いい子だ」

じじのハイテンションは続いていたが、イヌのほうはだんだんテンションが下がっていった。見知らぬじじに呼ばれて興奮して走り寄ったものの、おいしいおやつももらえず、じじの股間の匂《にお》いにも飽きて、振り返って飼い主の顔をうかがうようになった。イヌと目が合った飼い主は、ものすごく怖い顔をして、首を横に振った。そうすると一匹のイヌが、はっとした顔になって、尻尾を振りながら飼い主のほうに走って戻ってきた。すると他の二匹も、「えっ」という表情になり、じじのことはどうでもよくなったらしく、飼い主のところに戻ってきた。

じじはどうするかと見ていたら、

「おしっ、さあ、おいで。こっちにおいで。ほらほら」

とよろけながら蹲踞の姿勢を保ちつつ、両手を開いた。しかし飼い主が好ましく思っていないと察知したイヌ三匹は、今度は飼い主に向かって、

「ほら、ちゃんと戻ってきたよ。ね、いい子でしょう、ぼくたち」

といっているかのように、尻尾を振り、ぴょんぴょんと跳ねて愛想をふりまいていた。飼い主の女性は小声で、

「勝手に走っていったらだめでしょ。どうしてそんなことするの」

と叱《しか》っていた。しかしそんな声など聞こえないじじは、

「おーし、おいで、ほら、どうした」

と呼び続けている。体力がないので蹲踞の姿勢が続かず、すでにぐらぐらしている。

私はじじの膝や足首が曲がりすぎて元に戻らなくなるのではと、心配になってきた。

しかしすでにじじへの興味が失《う》せたイヌたちは、つぶらな瞳《ひとみ》で飼い主を見上げている。

「行きますよ」

飼い主が声をかけて歩き出すと、イヌたちは、

「わかりましたっ」

とおとなしく歩きはじめた。

「ああー、いっちゃうのかあ。そうかそうかあ」

じじは蹲踞の姿勢から、よっこいしょと立ち上がったはいいが、足腰にきたらしくよろめいていた。飼い主の女性は、

「ありがとうございました」

とじじに頭を下げて去っていった。じじは、

「あはは、どうもどうも」

といいながら、じっとイヌたちの後ろ姿を見送っていた。イヌたちは飼い主の顔を見上げたまま、じじのほうをまったく振り向かなかった。

それからしばらくして、ネコ好きのじじも見かけた。私が近所を散歩していると、七十代のじじが二十代の男性と共に、向こうから歩いてきた。印象としては先生と呼ばれる立場の人と、彼をサポートする若者といった雰囲気だった。するとじじが、

「おっ、あそこにネコがいるぞ」

と大声を出して、路上駐車をしている車の下を指差した。若者のほうはネコには興味がなさそうで、いちおう、

「あ、はあ、どこですか」

と前屈《まえかが》みになったものの、本気で探そうとしていないのがよくわかった。

「ほら、あそこ。前のタイヤのほら……あそこに三毛が」

「ああ、はい、わかりました」

「かわいいなあ。よし、ほら、おいで、こっちにおいで」

じじは仕立てのいい服を着ているのにもかかわらず、その場にしゃがみ込んで、ネコに手招きをしていた。若者のほうは興味がないので、ぼーっと彼の背後に立ち尽くしている。

「ほれ、こっちこっち。おいで、どうした、おいで」

道ばたに立派な身なりのじじがしゃがみ込み、大声を出して呼んでいるものだから、周囲の人も何事かと、じじが手招きするほうに目をやっていた。

「うーん、来ないなあ」

しばらくして残念そうにつぶやいた後、じじはきょろきょろと周囲を見回し、

「コンビニでもあればなあ。ネコ用の缶詰でも売ってるだろうに」

と悔しそうにつぶやき、ネコを餌《えさ》でおびき寄せようとしていた。今はすぐそばにコンビニができたが、その当時は駅前まで歩かなければコンビニはなかった。

「ううむ、残念だなあ。残念だなあ」

じじは何度も「残念」を繰り返して、駅のほうに歩いていった。

彼らが遠ざかってから、車の下から走り出たネコを見たら、顔見知りの三毛ちゃんだった。この子には顔に黒い柄のある、黒三毛ちゃんというお姉さんがいて、姉妹でご近所のアパートに住んでいるお姉さんに、お世話になっているのだ。夕方にアパートの前を通ると、

「ふにゃあああ、にゃあああああ」

と小声で鳴いているときがある。

「どうしたの」

と声をかけると鳴きやみ、

「うにゃあ」

という。

「お腹《なか》がすいちゃったかな。お姉さんが帰ってくるまで、もうちょっと待っててね」

というと、まばたきをするかわいい子なのである。おとなしい性格のいい子で、ずっと女性にかわいがってもらっていたから、男性が苦手で近寄らなかったのかもしれない。じじたちの行動を見かけると驚くけれども、動物をかわいがる人としての印象

は悪くないのは事実である。

ある日、午後のがらがらに空いた下り電車に乗っていたら、「うほーい、しょああ
ああ、ぷっぴー」という、じじの妙な声が聞こえてきた。もちろん他の数少ない乗客にも聞こえていて、みな声のするほうをちらちらと見ている。猛暑なのでじじの頭にも影響が出たのだろうかと、私も声がしたほうを見てみると、優先席に赤ん坊を抱っこした若い母親と、じじが座っていた。私のほうからは横顔しか見えないそのじじが、横にいる赤ん坊に向かって、一生懸命にあやしているのだった。

「かわいいねえ、かわいいねえ」

あまりにじじが褒めちぎるものだから、母親はうれしかっただろうけれど、周囲の視線を感じてちょっと恥ずかしそうにしていた。一方、じじは赤ん坊をかまいたくて仕方がないらしく、「ちゃああー、ほわあああ、ぴぽー、ぱああ、どーん」と彼独自の言語を駆使して赤ん坊に顔を近づけ、一生懸命にあやし続けている。が、肝心の赤ん坊は、ぽかーんとした顔でじじの顔を見上げている。その無邪気な表情が、よりじじの赤ん坊愛に火をつけたのか、自分の顔を近づけたり遠ざけたりしながら、「しょええ、ぽぽーん、しゃああ、どぴーん……」と独自の言語を発し続ける。赤ん坊をあやす言葉が、なぜそうなるのかはわからないが、じじなりの最大限の愛情表現だった

のだろう。しばらくしてじじは、とても残念そうに電車を降りていった。ホームに下りたじじの顔を見たら、ムンクの叫びの人によく似ていた。

じじはばばよりも、「愛でる」という気持ちをおおっぴらにしない。照れもあるのかもしれないが、そういう習慣がない人たちがじじになっているので、心の中ではそう感じていても、無関心を装《よそお》う人も多いのだろう。しかしたまーに、他人に怒鳴り散らすだけではなく、今回のじじたちのように動物や赤ん坊を愛でる人たちもいる。しかしそれは怒鳴り散らすときと同じくテンションが高い。じじは対象が何であっても、脳内を刺激する出来事があると、ストッパーがきかずに感情が振り切れてしまうらしい。怒るも愛でるも全力投球というと聞こえはいいが、感情の調節機能が壊れてしまっただけだろう。どうせ壊れているのなら、社会の平和のために、できるだけ他者を愛でていただきたいものである。

意地悪着物ばば

着物ブームといわれたのは、二十年ほど前からだろうか。三十代の頃から、ちょこちょことふだんでも着物を着ていた私としては、

「これで着物を着たいと思う若い人が増えるかも」

と期待していたが、私が考えていたのとは違う方向にいってしまった。職人さんに報酬がまわるような買い物ではなく、早く、手軽に買える着物に注目が移った。こつこつとお金を貯《た》めて、質のいい着物を一枚、誂《あつら》えで買うというよりも、洋服を買う感覚ですぐに袖《そで》を通したい人が多い。だから値段も安いリサイクルショップや古着店にお客さんが増えたのだろうし、汚したらと気になる正絹《しょうけん》よりも、洗濯機で洗えるような着物の需要も増えている。

それでも若い人が着物に興味を持つようになるのはとてもいいことで、どこでどんなものを購入しようが人それぞれで、みんなが楽しんで着られるようになればいい。

しかしそんな人々に対して、不快感を与えまくるのが、着物を着ている人間をターゲットに、文句をいいまくる、意地悪着物ばばである。

三十代の私が着物を着て歩いていると、おばさんたち（みな洋服）の視線が痛かった。柔らか物を着ていたら、お茶を習っているとか、踊りの稽古《けいこ》とか、彼女たちが納得できる理由もあったのだろうが、私は紬《つむぎ》のほうが好きだったので、大島紬を着て歩いていた。それは二十代の後半、母のなじみの呉服店に行き、あまりに気に入って貯金を全部はたいて購入したものだった。彼女たちからしてみれば、若い女が大島を着て歩いているのを見て、

「何だ、あれは」

と思ったのだろう。

その着物を買うときも、たまたま店にいた、ばば二人連れに嫌みをいわれ続けた。私の感覚では、友だち同士の気軽なパーティーに着ていければいいなと店主と話していたら、聞こえよがしに、

「パーティーにあんな大島なんか着ていくなんて、非常識ねえ」

というのだった。ばばの頭の中には、ゴージャスなホテルで開かれるようなパーティーが頭にあったのだろうが、内輪のカジュアルなパーティーの意味が理解できない

ようだった。店主にもその言葉が聞こえたようで、

「今は気軽な集まりに、紬を着る若い方が多いんですよ。昔とはずいぶん違ってきているので」

とやんわりと話すと、

「ふんっ」

と横を向いた。そんなばばはいったい何を買うのかと見ていたら、反物を広げながら、「この柄はきらい」「老《ふ》けてみえる」「値段が高い」などぐだぐだ文句ばかりいっている。それならばとっとと帰ればいいのに、ぶつくさいいながらも帰らない。そして私への悪口が延々と続いた。

「若いのにあんな地味なのを買うなんて、おかしいんじゃないの」

「年寄りだってあんなのを選ばないわよ、ねーっ」

とばば二人は意見の一致を見ていた。そして私のほうをみて、じとーっとにらむのである。私が気にくわないのだったら無視すればいいのに、私が手にしていた大島紬の反物を買うのかどうか、じーっと二人でチェックしているのだった。

また外でも見知らぬばばたちに、聞こえよがしにあれこれいわれた。意地悪着物ばばたちは「聞こえよがし」が得意技なのだ。

「大島なんか着て」(何を着たって勝手だろう)
「昼間っから着物を着て歩いているなんて、いいご身分ねえ」(そんなことをいうあんたよりはね)
「着物はやっぱり髪を結い上げないとおかしいわ」(このちんちくりんの下ぶくれにアップスタイルはおかしいだろう)
括弧内がばばにそういわれたときの、私の心境だったが、それをばばたちにぶつけるわけではなく、その逆の「にこにこ作戦」でばばたちと対決した。だいたい悪口は背後から聞こえるので、くるりと振り返り、こいつらだとロックすると、にこにこしながら走り寄っていく。するとばばたちはぎょっとした顔をして、最初は棒立ちになっているが、あわてて蜘蛛《くも》の子を散らすように逃げていく。ばばどもの後ろ姿を見るたびに、私は、
(勝った)
と満足した。あれこれ意地悪をいうばばたち全員が、着物ではなく洋服を着ていた。きっと彼女たちは着物に詳しいのだろうし、私は娘くらいの年齢だったので、何かアドバイスをしてくれるのであれば、私も聞く耳を持つ。しかし背後から聞こえるのは悪口ばかりで、

「歳《とし》を取っても、こんな意地悪ばばあにはなりたくないものだ」

と心から思った。それを教えてくれたばばあどもには、感謝をするべきかもしれない。

そして私は歳を重ねて、当時の意地悪着物ばばと同じような年齢になった。私に不愉快な思いをさせたばばたちは死に絶え、若い人たちはそんなくだらないことなんかいわないので、この世から、意地悪着物ばばはいなくなったと喜んでいたのに、着物ブームで着物を着る人、興味を持つ人が増えたおかげで、最近は四十代にも意地悪着物ばばが増えている。そして私と同年輩また年上の世代にも、意地悪着物ばばがしぶとく生き残っていたのだった。四十代は年齢的にはばばではないが、そのような発言は、すでに精神的にばばだと思うので、意地悪着物ばばの仲間に入れることにしている。

リオオリンピックの閉会式に、小池東京都知事が着物を着ていたが、それについて意地悪着物ばばたちは、ああだこうだと文句をいっていた。私としては彼女の姿は変でもなかったし、雨が降っていたのに着物で参列したことがよかったと好意的な目で見ていたがそうではないばばたちもいたのだ。まず、「着付けがなっていない」「なぜ自分で着たのか」からはじまり、都知事の着物姿のどこがいけないかが延々と続く。

そして「似合わなかった」などなど。

意地悪着物ばばたちは、みんな着物に詳しいと自負しているが、そんなに他人様《ひとさま》に文句がいえるほど、日常的に着物を着ているのかとブログを見てみたら、年に四回しか着ていない人がいたりして、

「何だ、そりゃ」

だった。意地悪着物ばばの範疇《はんちゅう》に入る、こうるさく文句をいっている人のほとんどが、着物を日常的に着ていないのである。私がリサーチした範囲での話だが、彼女の着物姿に好意的だったのは、日常的に着物を着ている人ばかりだった。日常的に着ている人にとっては、着物を着る際の着付け方、体形の補整の仕方という話は、たいした問題ではない。着物雑誌に載っている皺《しわ》のない着方が正解ではなく、自分が納得していれば十分なのだ。

しかし中途半端《はんぱ》な知識だけがある意地悪着物ばばは、「私は知っている」「私は着物に詳しい」をふりかざして、自分のポジションを少しでも上に置きたいのか、すぐに文句をつけてくる。基本的に精神的に貧しい人たちなのである。後日、都知事は自費で着付け師を同行させて着物を着たと報道され、「自分で着たからあんなふうに変な着方になった」と事実ではない事柄に、文句をいっていた意地悪着物ばばのいい分が、

見事に間違っていたのがばれた。私は都知事の支持者でもないし、何の関係もないが、「ざまあみろ」と意地悪着物ばばに対していってやった。

私はちょっとやそっとのことではひるまないので、どんな年代の意地悪着物ばばと対決しても、勝つ自信がある。他人を不愉快にする言動をとる向こうが、悪いに決まっているからである。しかし若い人がせっかく着物を着たとしても、運悪く意地悪着物ばばに遭遇したら、着る気持ちも失せてしまうだろう。友だちから聞いた話だが、彼女の友だちの妹さんが、古着店で購入したアンティーク調の大きな花柄の着物と竹の柄の羽織を着て歩いていたら、五十代とおぼしき、髪の毛をひっつめにして目がつりあがり、長い丈のピンク色のTシャツに黒のレギンス姿のばばが前に立ちはだかり、

「あんたの格好は変よ！」

といい放ったという。彼女がびっくりして、

「どこがですか」

とたずねたら、

「全部よ、全部！　全部変なの！」

といって去っていったとか。わけがわからない。

私もばばと同年輩になってきたから、前ほどは被害に遭わなくなったが、つい先日、

暴言は吐かれなかったけれど、久しぶりに意地悪着物ばばに遭遇した。そのときは日中の外出で用事を済ませ、絽《ろ》の小紋を着て電車に乗っていた。すると横のつり革につかまっていた、私と同年輩の洋服姿のばばが、体は前を向いているのに、横目でこちらを見ていた。それも明らかに好意的ではなく冷たい目つきなのである。

何かあるのだろうかと首をかしげつつ、降りる駅まであと二駅だが目の前の空いた席に座ると、そのばばも私の隣に座った。そしてさっきと同じように、顔は前を向いたまま、横目で着物、帯揚げ、帯、帯締め、バッグ、草履を値踏みしているように上から下までじろりと何往復も視線を走らせてくる。気味が悪いので私もばばの顔をじっと見てやったが、絶対に視線を合わせようとはしなかった。

駅のホームに降りてばばの冷たい目つきから解放され、ほっとしながら家まで歩いている間、あの目つきはどこかで見た覚えがあると必死に思い出した。それは昔、沖縄でシュノーケリングをしたとき、海中で遭遇したウツボだった。ふと右を見たらいつの間にかウツボが並んで泳いでいて、びっくりしていると、

「こいつ、誰？」

という横目でじろりと見て、私を置いてそのまま泳いでいった。ばばの目つきはそのときのウツボの目とそっくりだった。

洋服だったらどんな服を買おうとも、見知らぬばばにあれこれいわれない。ましてや聞こえよがしに悪口をいわれたり、変だといわれたり、横目で品定めされたりもしない。残念ながら現代の着物は女の嫉妬《しっと》を招く衣類になってしまった。意地悪着物ばばたちは、それなりに着物は好きで、それゆえに外に向かって変に攻撃してくるわけだが、まったくもって迷惑な存在だ。私は着物を着続けていくけれど、理不尽な意地悪着物ばばには、ひるむことなく対決する姿勢はこれからも変わらないのである。

俺様じじ

知人に頼まれた品物を買うために某ショップに行き、買い物を済ませたあと、店内をぶらぶら眺めていた。私は電車に乗るのは週に一度で、あとは食材の買い出しのために二駅程度の範囲を歩いているだけなので、繁華街の店に行くと珍しくて仕方がないのである。今はこんなものがあるのか、へえと、感心していると、どすどすと足音を立て、鼻息荒く一人の男性が入ってきた。ふつう、店に客の出入りがあっても気にならないのに、彼は意図的なのか、そうではないのかは不明だが、明らかに周囲に「俺が来た」をアピールしていた。頭は白髪がややまじった短髪、どんぐりみたいな体形で、Tシャツにハーフパンツ姿。年齢は私よりも少し年下のじじ予備軍、プレじじだろう。ビーチサンダルを履いているのに、足音があんなにするなんて、よほどだなと思っていると、そのプレじじは若い女性店員をつかまえて、

「ちょっと、あんた、ショーツある？　ショーツ」

と大声でいった。そのショーツの発音が妙にいいので、私は以前、知り合いが遭遇した英語じじを思い出し、

（ああ、これはとってもいやな感じのパターン）

とその場を離れつつ、商品を見るふりをして、彼を陰からじーっと観察していた。つかまってしまった店員はしばらく首をかしげていたが、

「あっ、こちらです」

と反対側の棚の陰に彼を案内した。私の視界から彼らが消えたが、声だけは聞こえてくる。するとしばらくの沈黙の後、

「ええっ？　ここ？　どこにあるのさ？」

とプレじじの声がする。店員の声はしない。

「これ、子供の下着でしょ。そうじゃなくってさあ、ほら、わかんないの。ショーツだよ、ショーツ」

すると店員はあわてた様子で姿を現し、他のコーナーに彼を案内した。彼はまたどすどすと足音をたててついていき、売り場の前に立った。

「これはさあ、子供のショートパンツでしょう。僕がいってるのはね、ショーツなの。ショーツ！」

と相変わらずショーツの発音は完璧《かんぺき》に保ったまま、店員に訴えている。ショートパンツの発音はどういうわけか、英語ではなく日本語だった。

店員は手に負えないと思ったのか、

「あのう、どういうものでしょうか」

と小声で聞いた。するとプレじじはより大きな声で、

「これはね、子供のもので丈が短いでしょ。そうじゃなくて大人用で丈が膝《ひざ》くらいのがあるじゃない。ほら、僕が穿いているやつ」

と自分の穿いているパンツを指さした。それならとっとと自分のパンツと同じ形のものをといえばよいことである。店員はやっと彼が求めているものがわかったものの、

「申し訳ありません。うちでは置いておりません」

と謝った。すると彼はまたもう一段階大きな声で、

「えーっ、置いてないのー？」

と叫んだ。他の店員も二人が気になるようで、ちらちらと見ていたが、それぞれの客への応対で忙しそうで、助け舟を出したくても出せない状態になっているようだった。

店にとっては恥になるようなことを、プレじじに大声でいわれた店員は、

「申し訳ございません」

と丁寧に謝った。

「それはさ、売り切れたの？　それとももともと作ってないわけ？」

彼はしつこかった。聞かれた店員は、以前は作っていた時期もあったのだけれど、最近はフルレングスのパンツのほうが主流になって、作っていないと返事をした。

「そりゃあ、だめだなあ。きみたち」

プレじじはにやっと笑った。

「だいたいさあ、きみたちは衣食住にさまざまな提案をしている企業なんでしょう。社会的にも意義のある仕事をしていると自負もあるんじゃないの。そんな会社がショーツの一枚も作っていないなんて、そりゃあ、だめだ。だめだめ」

相変わらずショーツの発音は完璧だが、服の在庫がないというだけで、そこまでいうのかいなというほどしつこい。そしてそれを何度も繰り返すのである。店員は直立不動でうなずきながら聞いている。

（彼女はよく我慢しているな）

私は感心するのと同時に、

（あんたの欲しいものはここにはないんだから、そんなに欲しいんだったら、とっと

とこの店から出て探しに行け）

といらいらしてきた。

プレじじは、

「ここに来れば必ずあると思ったのになあ。そうかあ、ないのかあ。残念だなあ。まさか作ってないとはなあ。そんなことじゃ、ライバルの○○に負けちゃうんじゃないの」

と某ブランド名を大声でいいながら、店内を歩き回っている。これは客を装った営業妨害ではないかとすら思った。店員さんは、

「本当に申し訳ございません」

と彼の後ろを小走りについていきながら、申し訳なさそうに謝っている。店員さんは相変わらず穏やかだが、私は内心、

（きーっ）

となっていた。プレじじの態度にこっちが嫌になった。大声で十分以上「見損なった」だの「店長にいっといてよ」だの「この現状は、きみたちの会社が本来しようとしている姿とは違うでしょ」だの、またいいはじめて、パンツ一枚が買えなかったくらいで、話がものすごく大きくなり、とんでもなく偉そうなのだった。

そしてやっといいたいことがなくなったのか、

「ないんじゃ、仕方がないな」

とプレじじは出口に向かった。店員さんが見送ろうと彼の後に続くと、店を出ていく直前に彼は振り返り、

「あのね、ひとつ教えてあげるけどね、英語でショーツっていうのは、ぼくが欲しかったパンツのこと。ねっ、さっき説明したでしょ。ああいったパンツのことだからさ。よく覚えておきなさいよ。ここ、外国人のお客さんも来るんでしょ。知らないと恥ずかしいよ」

となぜか満足そうな表情で、威張って出ていった。

「申し訳ございませんでした。またお待ちしております」

と深々と頭を下げた店員さんの姿を見ながら、私は再び、

（きーっ）

となってしまった。

私はこういうタイプが大嫌いなのである。いったい奴《やつ》は何をしたいのか。まあ彼のいう「ショーツ」が店頭になかったら、在庫の有無等を聞き、販売されていないとわかったら、

と店を出ればいいだけの話ではないか。だいたいショーツといわれて、子供肌着の棚に案内した店員には落ち度はないと思う。百歩譲って店側の立場から考えると、プレじじのいうショーツも、製造していないのが会社の本来の方針からはずれていることも、お客様からの貴重なご意見の範疇なのかもしれないが。それと同時に「俺様、偉い臭」を店員はじめ、大声で周囲にぶちまけているのがとてもみっともなかった。

しかし彼はそう思ってはいない。英語のショーツの発音がいい俺、会社のスタンスもよく理解している俺、人気のある会社にひとこといってやった俺。

「ああそう、それでは」

「あー、やだやだ」

私は思わず誰もいないフロアの隅に向かって、口に出していってしまった。

このように店員に必要以上に絡《から》むじじたちを、残念ながら多く見かける。レジが八か所ある大型スーパーマーケットで、延々と店員に説教をしているじじも見かけた。その日はとても混雑していたのに、ひとつのレジを占拠して、ずーっと文句をいっているのだ。レジのカウンターの中にはレジ打ち担当の女性と、ネクタイを締めた男性がいて、両手を前にして、じじの言葉にうなずいていて、ときおり小さく頭を下げている。

何をいっているのかと聞いていたら、「客に対して失礼だ」「こんなことでいいわけがない」「この店だから買いにきたのに」といった言葉だけが聞き取れた。じじは何度も腕を振り回したり、レジの男女を指差しながら文句をいっている。時間を計ってみたら、私がその場にいた七分間でもじじの文句は終わらなかった。私がレジに並ぶ前から彼はいたし、私が買い物を済ませて店を出ようとしたときも、文句はまだ続いていた。

私は買った食材をマイバッグに入れ終わり、サッカー台の横を歩いていると、何も持たずに背伸びをして、じじを見ている妻らしきばばの姿があった。眉間《みけん》に皺を寄せてじっと三人の様子をうかがっている。彼女の心中は「あの場にいってしまうと、自分が文句をいい続けている男の妻だとわかってしまうから他人のふりをしておく」「買い物をすると、いつも奴は何かしら店員に文句をいう質《たち》なので、気が済むまで放っておく」のどちらかと察したが、私は最後まで見届ける時間も根性もなかったので店を出た。

店で買い物をしようとすると、トラブルが起きることはある。しかし何十分もあれこれいい続けるのは、よほど暇なのか作為的な何かがあるとしか思えない。若い人であればその場はむっとしても何もいわず、家に帰ってから、その店のサイトや掲示板、自分のアカウントを使って、店への不満を書き込んだりするのではないか。私は文句があるのなら、その場で相手に話したほうがいいと思うが、それも程度問題だ。プレじじもっと話を早く収める方法はあったはずなのに、面倒くさくなるほうへともっていっている。自分に少しでも長く注目させるための策略なのか、物を知らないとしつこく絡まれた店員が本当に気の毒だった。

プレじじは、人の性格はそう簡単には変わらないから、あのまま俺様じじになってしまうに違いない。そんな年齢になっても、唯一《ゆいいつ》いい発音ができる「ショーツ」を連発しながら、俺様風を吹かせるのだろうか。それとも他の単語の発音も練習して、より面倒くさくなっていくのだろうか。たしかに問題のある店員も多いが、商売をしている側を下に見るようなじじは、買い物のために家を出たとたんに、足を挫《くじ》くような体質になってもらいたいと思っている。

不潔じじ

私は行動範囲がとても狭いので、うちの近所や乗車時間三十分以内の電車内に限られるのだが、それでも「あれっ？」と首を傾《かし》げたくなるじじに遭遇する。こんな狭い範囲で毎回見つけられるとなると、全国的にどれくらい、「あれっ？」となるじじが棲息《せいそく》しているのかと、ぞっとしている。

先日の昼過ぎ、私は電車に乗っていた。車内はとても空《す》いていて、七人掛けの座席に二人ずつ程度の乗客しかいなかった。私が座った七人掛けの座席の端には、じじのグループ分けでは比較的若めの、六十代後半から七十代そこそこに見えるじじが座っていた。ワイシャツに紺色のVネックのカーディガン、グレーのウールのズボン、鞄《かばん》を持ち革靴を履いて、身なりはきちんとしていた。

私はぼーっと窓の外を眺めたり、車内の中吊《なかづ》り広告を見たりしていたが、ふと同じ座席の端に座っているじじに目をやると、彼は右手で白髪頭を掻《か》いていた。初冬は空気が乾燥しているし、歳を取るとなぜか突然にあちらこちらがかゆくなってくるものなので、ああ、かゆくなったのかと見ていたら、なかなかそれが終わらない。えっ、そんなにかゆいのかとじっと見ていると、じじは最初は右手の人差し指と中指で頭皮を掻いていたのに、だんだん激しくなってきて、薬指が加わり親指が加わり、しまいには五本指になった。

小さなかゆみを掻いているうちに、もっとかゆくなってきたり、まったく関係ない別の体の部分がかゆくなってきたりする。それは私も体験したことがあるのでよくわかる。しかし彼の目つきが必死になっているので、「あれっ？」と思い、よくよく見たら、じじは頭を掻きむしりながら、隣の空いている座席の上に、フケを落としていた。座席の色が濃いので、どれだけ落ちたかがよくわかるのは確かだが、それを公共の場である電車の中でやったのにびっくりしたのである。

向かいの座席に座っていた四十代くらいの女性を見ると、じじの行動に気がついていて、ものすごい形相で彼をにらみつけていた。しかしじじは私と彼女の視線に気付く様子もなく、頭皮をぼりぼりと掻き続け、隣の座席にフケを溜《た》めていた。がーっと掻いて座席の上に落としては眺め、またがーっと掻いては見る。彼はどれだけ座席の上にフケを落とすかに必死になっていた。

（汚い！　じじ、やめろ！）

心の中で必死に叫んでみたが、じじは座席の上を見つめるばかりで、残念ながらまったく通じなかった。そして白髪頭がパンクロッカーみたいに逆立つほど、掻きむしり続けていたのである。

私とは何メートルかは離れてはいるが、車内のエアコンの風にのって、じじの頭皮から落ちたものが、車内に舞っているのではないか、そしてそれを吸い込んでいるのではないかと、少し気分が悪くなってきた。私は神経質なほうではないが、これはちょっとと思い、自衛のために次の駅で降りるふりをして隣の車両に移った。向かいに座っていた女性は、電車から降りてそのまま改札口に向かっていった。

隣の車両に移った私は、連結部のドアのガラス窓から、じじの様子をうかがっていた。かゆみも収まり気も済んだのか、手櫛《てぐし》で逆立った髪の毛を整え、彼はしばらく放心していた。あれだけ掻き続けたら、頭皮がまっかっかになっているのではないか、頭がじんじんしているのではないかと思いつつ、じじから目が離せなくなっていた。

終点に近づくにつれ、乗客も増えてきた。すると彼は名残惜しそうに、自分のフケを溜めた座席をしばらく眺め、そしてきょろきょろっと周囲を見回した後、右手で一度座席を払い、そして両手をこすり合わせて、その手を自分が座っている座席になすりつけた。

（ぎゃっ）

思わず叫びそうになった。じじはこの後、仕事で誰かと握手するかもしれない。その人は何も知らないで握手するんだろうなあと余計なことまで考えた。いったい誰があのフケ座席に座るのかと心配していたら、掻きむしりじじよりも、もっと年長のじじの方がその上に座ってしまった。

（あ〜、はあああ）

とため息をつきつつ、まあ、これでよかったのかもしれないとほっとした。

じじの行為を知ったら、誰もそんな席に座りたくないだろう。知らないから平気で座れるわけである。そう考えていたら、自分のお尻《しり》ももぞもぞしてきた。もしかしたら私が今、座っているこの席でも、誰かが掻きむしりじじと同じような行為、あるいはそれ以上の行為をしたかもしれない。ものすごーく不潔な席かもしれないと考えると、ここに座っても大丈夫なのかしらと、何ともいえない気持ちになってきたのである。

いつも聴いているラジオで男性リスナーが、「自分が公衆トイレなどで目撃したところによると、男性は大でも小でも用を足した後、四割くらいの人は手を洗わないで、そのまま出ていってしまう」とメールを寄せていた。私が今までデパートの女性トイレで目撃した経験だと、手を洗わない女性は皆無だった。化粧直しなどの作業もあるので、手を洗う必要があるからだろう。公衆トイレでも同じだと思う。男性が手を洗わない状態から考えると、それでいろいろなものを触っているわけで、これも衛生面では相当まずい。

以前、車内で化粧をする女性（おばちゃん含む）が話題になった。しかし私は電車内で、前に座っていた女性が靴を脱いで裸足《はだし》になり、ほとんどの足の指とかかとに貼《は》ってあった絆創膏《ばんそうこう》を全部剝《は》がして、また新たに全部貼り直すという作業を目の前でやられて仰天した。若い女性なのにそういう行為が平気だというのに本当に驚いた。その恥じらい度ゼロ、公共心ゼロには呆《あき》れた。みっともないけれども、化粧も靴を脱いで裸足になっての絆創膏の貼り直しも、衛生面に関しては周囲の人に対しては実害がない。しかし掻きむしりじじの迷惑度は相当なものだった。体につけるのはまだしも、何であっても体から出すのはだめである。何十年も生きてきたのに、それがわからないというのが情けないのだ。

きっとじじは同じようなことを家でもしているのに違いない。家庭内で家族が見てもとても感じが悪い。もしも娘が父親のそんな姿を目撃したら、

「お父さん！　汚い！」

というに決まっている。いわれるのならまだいいほうで、何もいわず冷たい目で彼をにらみ、その場を去って彼とは口をきかなくなるかもしれない。妻は仕方がないと諦《あきら》めているかもしれないが、それを家の外で、それも閉鎖された電車の車内でやるというのは、相当に変だというしかない。

その掻きむしりじじに遭遇した二日後、今度は電車を乗り継ぎ都心まで出かけた。電車は混雑していて空席がなく、私はドアのそばに立っていた。するとじじと呼ぶにはやや若い、五十代後半のスーツ姿の男性が乗ってきた。ショルダーバッグを肩から提げて左手に書類を手にしていたので、仕事の途中の移動のようだった。すると私の前に立った彼は、突然、右手の人差し指をおもむろに自分の口の中に突っ込んだ。えっと驚きながら見ていると彼は、その指を楊枝《ようじ》がわりにして、口の中を掃除しはじめたのである。たしかに「爪《つま》楊枝」とは書くけれど、本当に爪を楊枝代わりにする人を、目の前ではじめて見た。ずーっと口の中に指をつっこんだまま、視線は斜め上に保ち、口内掃除に専念している。私はそんな姿を見せられるのはとても迷惑なので、つつっと横にずれて彼の正面から体をはずした。

すると彼はスペースが空いたところに体を移動させ、首を左右に動かしたり、斜めにしたりしながら、相変わらず口内の掃除を続けていた。そしてその後どうするのかと思ったら、その右手で手すりをつかみ、次につり革につかまった。それを見て私は、再び、

（ぎゃっ）

と叫びそうになったのを堪《こら》え、

「はあぁ〜」

と脱力した。

私は背が低いので、つり革を使うことはまずないのだが、手すりにつかまることはよくある。しかし「爪楊枝」プレじじが、思いっきり自分の口の中をぐりぐりしたあげくの指で、手すりをつかんだのを目撃すると、

「もう電車の手すりは絶対にさわれない……」

とため息が出てきた。たとえば彼が口内の掃除が終わったあと、ショルダーバッグからウェットティッシュを取り出し、手を拭《ふ》いてからつかんだのならともかく、

（直《じか》はだめでしょ、直は）

と彼の背中に向かって、今回も腹の中で叫んだ。しかしウェットティッシュを持っているようなきちんとした人なら、「爪楊枝」を使わないだろうし、だいたい携帯用

の歯磨きセットを持っていれば「爪楊枝」の必要がない。百歩譲ってこっそりとひと目につかないところでしていたのならともかく、堂々と人の多い車内でやるなんて、どうかしてるとしか思えなかった。

「掻きむしり」と「爪楊枝」ほどひどくなくても、口の周りを覆《おお》わずに、ぶっ放しでくしゃみや咳《せき》をするじじはとても多い。若い男性は比較的マナーがきちんとしていて、周囲の人に迷惑をかけないように配慮している。そのマナー欠如のじじの口から出たくしゃみや咳の飛沫《ひまつ》は、一定時間は必ず車内に浮遊しているわけである。私は電車の中でそばに風邪をひいている気配がある人がいると、申し訳ないが自衛のために離れるようにしている。そんな車内で、平気で飲食をしている人が多いのにも驚く。私はとてもじゃないけど、あの中で物は食べられない。

自分一人の場所でするべき行動は、当然だが公共の場ではしてはいけない。掻きむしりじじ、爪楊枝プレじじは、あの歳になるまでに何とかならなかったのだろうか。幼い頃からの家庭の躾《しつけ》とか、学校での友だちの視線とか、社会人としての礼儀とか、結婚してからの家族の目などを全部すり抜け、あげくの果てにああなってしまったのが信じられない。彼らの家族全員が同じことをしているのであれば、それは仕方がない気はするが。

これから電車に乗るときは、手すりもにぎらずつり革も使わず、できる限り両足を踏ん張って直立。そして絶対に深呼吸はしないなどと考えると、還暦を過ぎた私には辛《つら》い状態だ。外は家の中と同じじゃないんだから、じじは、

「今、わたくしは他人様に不愉快な思いをさせていないだろうか」

と常に自問自答していただきたいと思っている。

方向音痴ばば

ユーチューバーには興味はないけれど、YouTubeで必ず私が見るのは、電車を降りて改札を出て、目指す路線までの乗り換えの方法を教えてくれる動画である。

私は昔から方向音痴で、今まで様々な場所に行っても、完全には直らなかった。十年ほど前、勘がものすごく働いた時期があって、駅の間違った出口を降りて空気の匂《にお》いを嗅《か》ぎ、

「ここじゃないな」

と思って引き返したことが何度もあったが、還暦を過ぎたら再び勘が鈍ってしまった。

まだインターネットなどない頃は、待ち合わせ場所の地図がファクスで送られてくると、家に常備している地図帳で確認していた。そのうえ自分で地図を描き、何度も確認したはずなのにそれでも迷う場合があった。インターネットが普及すると、待ち

合わせの場所に印がついた、グーグルマップがメールに添付されるようになったが、それだけだと迷うのが心配なので、またまた地図帳を開いて場所を確認して自分で地図を描き、最寄り駅の出口も書き込む。ストリートビューでも確認する。これで絶対に大丈夫だと確信するのに、持っていた地図帳のデータが古く、自分なりに決めた目印がなかったりして、あわてたりしたこともある。しかし多少、知恵もついているのか、住所表示を確認したりしながらやっとの思いで到着する。しかし年に一度はいったいどこにいるのかわからなくなり、宅配便の配送所を見つけると、作業の邪魔にならないように、腰を低くして、

「すみません」

と声をかける。商店の配達中の人を見かけると急いで駆け寄る。こんな私にみなさんとても親切に教えてくださるので、本当にありがたいやら情けないやらである。

私が家で仕事をしていて、都心に出る回数が少なくなっている間に、都内にはさまざまな新路線ができた。ずいぶん前に大江戸線ができたとき、それまで六本木に行くためには、山手線を利用してぐるっとまわった後に、乗り換えをしなくてはならなかったのが、新宿から直通でいけるようになった。それは知っていたのだが、その大江戸線に乗ったのは、開通してから何年も経《た》った後だった。駅の表示に従って、今まで

の地下鉄にはないほど、エスカレーターでどんどん下っていくうちに、

「こんなに地中深くもぐるのか。もしかしたら間違っているのではないか」

と不安になった。何回も下りのエスカレーターに乗り、ホームにたどり着いたときは、ああ、よかったとほっとした。

新しい路線もうまく使えばとても便利なのだろうが、乗り換えがあまりに複雑で絶対に迷いそうな気がして不安になる。そんなときにＹｏｕＴｕｂｅの乗り換え動画を発見し、これこそが私の求めていたものと、感激した。はじめての場所に行くときは、必ず私はこの乗り換え動画をチェックして、

「ここの角を左。そして右に曲がりそのまま狭い通路を直進すると左側に改札があるのだな」

と確認する。そしてそれをメモに書いて持参して出かける。これで迷ったら相当あぶない人なのだが、さすがに動画を見るようになってからは、これまでちゃんと乗り換えができている。しかし方向音痴の私が、もし何の知識もなく新しい路線に乗り換えるとなったら、駅の表示だけでたどりつける自信はまったくない。

路線が複雑になったため、駅には数字、アルファベットが書いてある出口が増え、案内の矢印も左右にまっすぐ示したものではなく、ぐるりとＵターンしているものも

あり、その矢印の先はいったいどこを示しているのか、どこを曲がればいいのかと混乱する。きちんと方向が把握できる人だと、

「あんなに懇切親切に表示してあるのに、いったいどこがわからないのだろうか」

と呆れるだろうが、方向音痴とはこういうものなのである。親切すぎて余計にわかりにくくなっている場合も多いのだ。

テレビのバラエティ番組で、運動神経がないといわれている芸人さんたちを見て、

「どうしてあんなに簡単な、ドリブルやスキップができないのだろうか」

と彼らの妙な動作が信じられないのと同じで、私はドリブルやスキップはできるが、はじめていく場所に向かって、問題なく乗り換えをしたり、スムーズに到着することができないのだ。

『話を聞かない男、地図が読めない女』という本があったが、タイトルの通りで駅で私と同じように迷っているのは女性が多い。土日はほとんど見かけないけれど、平日に都心に行くと、路頭で迷っているばばたちが多いことに驚かされる。しかし彼女たちの多くは携帯、スマホという文明の利器を持っているので、それに頼っている。歩き携帯、歩きスマホ率がとても高い。目的地にいる人と連絡を取っているのか、

「あのね、わからないんですけどね。はあ？　なんですかあ？　車の通りがうるさく

て聞こえないんですけど」

と大通りに面した歩道で、携帯を耳にして叫んでいるばばもいる。

先日も背後で、

「なんですかあ？」

と大声がしたので、びっくりして振り返ったら、白塗りにピンク色のほっぺた、真っ赤な口紅を塗ったお洒落《しやれ》をしたばばが、携帯電話で大声で話しているところだった。先方に電話をするのならば、もうちょっと静かなところに移動して電話をすればいいのに、道がわからないとなると、うるさい場所であってもその場で電話をしてしまうのが、ばばなのである。彼女は気がついていないが、ものすごく大きな声なので、周囲の人たちがびっくりして彼女の顔を見ていた。

信号待ちをしている私の横で、

「は？　銀行？　何銀行ですか？　あらー、ないですよ。ないない、ぜーんぜんない。あなた、ちゃんと教えてくれてます？」

などといっている。自分が迷って教えてもらっているのに、そんなことをいうなんてと、私はちょっと呆れながら、ちゃんと目的地にたどりつけるのかしらと心配になってきた。

「あのね、私はね、信号のところにいるの、大きな四つ角でね、角に喫茶店があるのよ。そこからどうやっていくの？」

ばばは苛立《いらだ》ったように話し続ける。同じく信号待ちをしている人たちも、ちらりちらりとばばのほうを見ていた。そして信号が変わり、みんなが広い道路を渡ろうとしたとたん、

「えっ、あら、まっ、そうなの。あらー、わかりました」

ばばはあわてて電話を切った。そして彼女は小声で、

「降りる駅、間違えちゃった」

とつぶやきながら、上半身を四十五度曲げた姿勢で、早足で私たちと一緒に道路を渡り、地下鉄の入口に消えていった。

「駅を間違えたら、そりゃあ、たどりつけないよなあ」

私の前を歩いていた、サラリーマン風の男性二人が笑っていた。同類の私はこれは将来の私の姿かもと苦笑するしかなかった。

携帯電話ばばは目的地にいる人に、電話をするしかないのに対し、スマホばばは地図が見られるので、迷わないのではないかと思うのだが、やはり迷う。地図を持っていても迷う私がいうのだから間違いない。自分でもいったいどうして、方向、位置関

係をきちんと教えてくれる地図というものを持っていながら、それもちゃんと最寄り駅に降りていながら、何で迷うのかは謎《なぞ》なのだが、方向音痴が地図によって100パーセント、目的地にたどり着けるわけではないのと同じで、スマホを見ても方向音痴全員がスムーズに到着できるわけではないのだ。

平日の都心の方向音痴ばばは、スマホの画面を見るのに必死である。立ち止まって確認すればいいのに、手のひらの上のスマホを凝視しながらとぼとぼと歩き、ときおりはっと顔をあげて、きょろきょろと周囲を見渡す。そしてまたスマホを凝視しながら歩きはじめ、様々な物にぶつかりそうになっている。私も何人ものばばにぶつかった。私は基本的に歩きスマホをしている人が前から来たら避《よ》けないことにしていた。それでも若い人たちはまだ接触の危険を察知して、すんでのところで避けてくれるのだが、ばばの場合はすべての感覚が鈍くなっているので、どすっとぶつかるまで気がつかない。そのとたん、彼女たちは、

「わあっ」

と驚き、

「どうもすみません」

と謝る。驚くのはぶつかるまでまったく気がつかなかった証拠である。

私も最初は避けないでいたのだが、あまりにばばがぶつかってくるので、相手は年上だし、転んで怪我《けが》をされたら大変なので、私のほうから避けるようになった。ぶつかった相手が人間だからまだいいが、私は歩きスマホをしていて、街灯や歩道の立て看板等に激突したばばをこれまで三人見た。するとばばは、がくっと膝や腰を折り、一瞬、こりゃ大変といった様子を見せるのだが、その後は何もなかったかのようにスマホを凝視しながら歩きだす。ぶつかって痛い思いをしたのだから、歩きスマホをやめればいいのに、絶対にやめないのだ。

方向音痴は自分が今どの位置にいるのかが把握できないために混乱する。地図を見るときの基本の位置がよくわかっていないのだから、それで地図を見ても、正しく目的地にたどりつけないのは当然だ。歩きスマホばばを見ていると、右に行ったり左に行ったり落ち着きがない。そういった場合は冷静になり、いったい自分が今、どこにいるのかを考え、そしてこれからどちらの方向に向かって歩いていくのかを考えたほうがいいのにそうはしない。ばばたちは高いスマホを買ったのだから、画面を見続けなくては損と考えているのか、絶対的に信頼しているのか、画面の地図を凝視しながら、間違った方向へと歩き続ける。

私はスマホを持っていないので、その地図の現物は見たことはないが、ルートを矢印や文言などで指示してくれるらしい。私はこれまでの数々の失敗を考えると、自分がスマホを持って、地図に従って歩いていたとしても、きっと迷うような気がする。そしてばばやプレばばは、携帯やスマホといった文明の利器よりも、申し訳ないけれども周囲にいる親切な人たちに甘えさせていただき、教えてもらったほうが、よっぽど手っ取り早くかつ安全に違いないと確信したのだった。

喫茶店のじじばば

うちの老ネコは、私が近所に買い物に出るのでさえいやがるので、いつもは買い物が済んだら急いで家に帰るのだが、その日はネコが爆睡していたので、今日くらいはのんびりしようと、二駅先まで歩いて商店街をぶらぶらしてみた。たまには一人で喫茶店に入ってみようと、商店街のなかにある店のドアを開けた。日中の早い午後で、後期高齢者と思われるばば三人、じじ二人のグループが、店の隅の鉤型《かぎがた》のソファに座っていた。じじの一人が私がドアを開けたとたんに、振り返ってこちらを見たが、すぐに向き直って再びみんなと話しはじめた。私は彼らの姿が見える少し離れた席に座ったのだが、とにかく声が大きいので会話が筒抜けになっていた。

彼らの服装も普段着でご近所の知り合いのようだった。中年のマスターとも気軽に話していたので、常連さんなのだろう。ばばたちはグレーのセーターにグレーのパンツスタイルの地味な服装の人、白地のセーターの襟元や袖《そで》にピンクのレースがついた、ドレッシーなタイプ、もう一人は立方体のような体形で、ヘアスタイルはパンチパーマ、化粧もしっかりとしていて、真っ赤な眼鏡をかけている。赤と金と黒の色柄の丈の長いセーターに、黒のレギンスといった姿だった。

じじの一人は白髪頭をオールバックにしたやせた人で、ノーネクタイのワイシャツにグレーのズボンで、ベージュのブルゾンを羽織っていた。もう一人は小柄だががっちりとした体格で頭髪が薄く、デニムのライダースジャケットに、細身のジーンズを穿《は》いて、足元はブーツ。私が店に入ったときに、こちらを見たのは彼だった。

気まぐれでこの店に入ったので、私は読む本を持っておらず、店内をきょろきょろと見回していた。すると、

「あいつ、本当にいやな奴だよな」

と声が聞こえてきた。文句をいったのは頭髪薄じじである。すると女性たちが、あの人はそういう人だ、気にする必要はない、ほっとけばいいと口々にいいはじめた。

すると彼が、

「若い女ができたんだぜ。知ってる？」

と呆れたようにいった。

「なにい？」

大声を出したのは白髪頭じじだった。いやな奴には反応しなかったのに、若い女というひとことが、彼を刺激したようで、

「そ、それってどこの女？　どんな人？　いくつ？」

と急《せ》き込んで聞きはじめた。

「飲み屋で知り合ったらしいよ。それもさ、三十歳も下なんだよ」

「ひょええ」

白髪頭じじは頭のてっぺんから弱々しい変な声を出したかと思ったら、

「おれ、酒が飲めないもんなあ」

と心の底からがっかりしていた。すると立方体ばばが、

「あーら、いいじゃないの。飲めなくても、私たちみたいな美人と知り合えたんだもの。そんな若い女と付き合ったって、金を絞りとられて、かっすかすになったところをぽいって捨てられるのが関の山よ。げっげげっげ」

とうれしそうに笑った。

「いやあ、最近はわからないよ。女のほうも年の近い男は頼りなくて金も持っていないから、年上のほうがいいっていうのが多いって聞くからな」

頭髪薄じじは最近の男女関係の情報の収集に長《た》けているらしい。そこで反応したの

がまた白髪頭じじで、

「えっ、そうなの、へえ、ふうん」

　と興味津々《しんしん》だった。

　ばばたちは、そんな娘みたいな女性と付き合うほうがおかしい、奴は変態ではないか、女は金目当てと、年下の女性との交際については、さんざんけなしていた。

「うらやましいと思ってるんでしょう」

　立方体ばばが白髪頭じじの肩に手をかけて揺すった。すると頭髪薄じじが、

「そりゃあ、ばあさんよりも若いほうがいいべよ」

　と急に方言を使いはじめた。よくおじさんでふだんは標準語なのに、会話のなかに急に関西弁などをはさみこんで、面白さを演出しようとする悲しい人がいるが、彼も正直に自分の気持ちをいい難《にく》いので、方言でちょっとごまかそうとしたらしい。それはそうだと同意した白髪頭じじに対して、立方体ばばが、

「何いってんの、あんた。奥さん、いい人じゃない。そんなことをいったらばちが当たるわよ」

　と叱《しか》った。他のばば二人も大きくうなずいている。

　すると彼は、

「うーん、まあ、そうだけど……」

と認めつつ、

「でもさ、結婚したときはさ、四十二キロだったんだよ。こういっちゃ何だけどさ、高校を卒業して会社に入ってきたときに、かわいい子だなと思ったわけさ」

一同はうんうんと聞いている。

「それで必死に口説いて結婚して、子供を一人産み、二人産み、まあそれはありがたいことだよ。でもさ、なんでその結果が六十八キロになっちゃうの。おれはそれがどう考えても納得できない」

彼が真顔で首を横に何度も振るのを見て、みんなはげらげら笑った。

「結婚してから奥さんがやせ細るよりはいいでしょう」

ドレッシーばばが慰めると、

「それにしてもさあ、おれより体重があるんだよ」

と白髪頭じじは再び悲しそうな顔をした。

「そういやあ、あんた、どんどんやせていくな」

頭髪薄じじが彼の肩や腕を何度も摑《つか》んで確認した。

「そうなんだよ。家族が増えるたび、年を取るたびにやせていったんだ。子供にも脛《すね》どころか骨までしゃぶられてさ。おれは家族にすべて吸い取られる人生だった。若い女とデートなんてしたこともない。なのになんで嫌われもののあいつに彼女がっ」

白髪頭じじが訴えはじめた。

「そんなの、ほとんどのおじさんはしたことがないわよ」

立方体ばばも慰めた。

「でも奴はやっているんだろ。前立腺《ぜんりつせん》が悪いのはどうなったんだ。おれとあいつのどこが違うんだ。なあ、教えてちょうだいよ」

そう聞かれた一同は、ふふんと曖昧《あいまい》に笑って何もいわず、黙ってコーヒーをすすっていた。すると頭髪薄じじが真顔で私のほうを勢いよく振り返った。あんた、聞いてるなと無言の圧力をかけられたみたいで、私は目が合った瞬間、ぎょっとして思わず視線をはずそうとしたところへ、ちょうど注文した紅茶が運ばれてきた。

それからも彼らのとめどない話は続いていた。若い女がいいというじじ二人と、それに不満のばば三人がかみ合わない会話を交わしていると、頭髪薄じじが目の前に座っていた立方体ばばに向かって、

「あんた、胸の形がなかなかいいやんけ」

といった。

「はあ？　げっげっげ」

彼女はうれしそうにのけぞって笑った。こういっては何だが、彼女は体形が立方体なので、バストとウエストの位置がよくわからないのである。まだ胸の形がわかる服を着ている地味ばばやドレッシーばばに、同じ発言をしないのも、きっと彼なりにエロ話ができる相手を選んだのだろう。

「そうでしょう。私は若い頃からおっぱいが自慢なのよ」

立方体ばばは両手で自分の胸をもちあげて揺すった。たしかに巨乳でいらっしゃるのだが、同様に巨腹でもいらっしゃるので、どっちが揺れたのか私にはよくわからなかった。それを横で見ているばば二人は、コーヒーを飲みながら苦笑している。

「たしかに立派でございまするなあ」

白髪頭じじはちらりと立方体の胸あたりに目をやって、でれっとしながらタイムスリップして武士になった。

「苦しゅうない、揉《も》んでもよいぞ。げっげっげ」

こちらも殿様化した立方体ばばは、彼女としては巨乳のつもりであるが、実は巨腹といってもいい部位を、ぐいぐいと白髪頭じじに押しつけていった。

「やめてくだせいよう。お代官様、お助けくだせいよう」

白髪頭じじは今度は田舎の純朴な青年のつもりらしい。そしてにやにやしながら、頭髪薄じじに助けを求めた。すると頼られた彼は、堂々と胸を張って、

「いくらでも揉んでやるけん、こっちにくればよか」

と今度はこちらは西郷どんになった。私はもしかしたら高齢者芝居の練習をしているのかとすら思った。地味ばばとドレッシーばばは三人の茶番には加わらず、二人で何やら話し込んでいた。そして立方体ばばが、

「やだ〜ん、私だって相手を選ぶも〜ん」

と笑いながら身をよじったとたん、突然、頭髪薄じじが真顔で振り向いてきた。また、あんた聞いてるなという無言の圧力である。

私は何かを読んでいる風にしてごまかせるものはないかと、買い物バッグの中をさぐったら、防犯のために家に置かず、いつも持ち歩いているパスポートが出てきた。とにかくノート状のものなら何でもよしと、私はじじの目をごまかすために、テーブルの下で何かを読んでいるふりをしつつ、パスポートを開き、何の印も押されていない真っ白な査証のページや、自分の住所が書いてあるページをめくってごまかしていた。

そんな小細工をしているうちに、紅茶を飲み干してしまった。じじばばはそれから

も、前立腺が悪い場合あっちのほうはできるのかとか、VIO脱毛の話などで盛り上がっていたが、すべてへそ下の話ばかりだった。私はこれ以上間が持たないのでその店を出た。会計しているときにも頭髪薄じじは、

「お互いに気持ちがよければよかばい」

といったかと思ったら、

「最後は締まりの問題じゃけん。わしは潮吹きに当たったことがあるど」

と微妙に地方《ちほう》を変え、しまいにはごっちゃごちゃになっていた。

日中から何とパワフルなじじばばだろうか。私はとてもじゃないけど彼らに太刀打ちできない。三十分ちょっとの久しぶりの喫茶店滞在だったが、私は精気を吸い取られ、ぼーっとしながら家に帰ったのだった。

お供じじ

年末、おせちを作るわけではないが、隣町のスーパーマーケットに、食材の買い出しに出向いた。店内は年始の準備でいつもよりもカートの利用者が多く、また人出も多いのでとても混雑していた。そしてそこにはふだん見かけない、奥さんと一緒にやってきた、荷物持ちとしての役目を担《にな》った、たくさんのお供のじじの姿があった。

そんな混雑のなかでお供のじじは、どうしてこんなところでといいたくなるような、とっても邪魔になる場所で、ぼーっと立っている。それがあちらこちらで、複数立っているので、本当に邪魔だった。私は自力でカゴが持てる分しか物を買わず、カートは使わないので、そんな棒立ちのじじと陳列棚の横を、体を横にしてすり抜けていたのだが、じじと同年輩のばばたちは、カートを押しながらやってきて、動こうとしない彼らの背中に向かって、

「すみませんけど、そこに立たれると迷惑ですよ」

とはっきりという。しかし当のじじは、自分がいわれているとは気付いていないので動こうとしない。そして再び、

「そこに立たれると、みんなの迷惑ですよ」とばばが大きな声を出すと、やっと振り返り、そして自分の背後でカートや人が渋滞しているのを見て、大あわてで通路の隅に避《よ》けるのだった。

冷蔵コーナーで魚や刺身を物色していた奥さんは夫が置かれた状況に気がつき、

「やあねえ、もう」

と怒った。ばばにも妻にも怒られ、彼は悲しそうな顔をして、カートを押していく奥さんの後を、とぼとぼと歩いていた。

次は餅《もち》や米のコーナーに移動し、奥さんがあれこれ選んでいると、またそこの通路のどまんなかに立つ。私は他人様《ひとさま》の夫ながら、

(何度いわれりゃわかるのか？)

と思いながら観察していた。すると切り餅を手に、ふと目を上げた奥さんは、じじの立っている場所を見て目をつり上げた。

「何やってんの。邪魔になるっていわれたでしょうが！　そこだって人が通るでしょうよ。こっちの隅に立ってなさいよ。そんなこともわかんないの？」

怒鳴られたじじは、肩をすくめて棚のほうに身を寄せた。じじはひとことも反論せずに、じっと耐えていた。

他にも何人も動線の上に陣取っているお供じじがいて、奥さんに、

「そこにいると邪魔よ」

と叱られたり、他人に、

「ちょっと失礼」

など、実は「あなた邪魔ですよ」といいたいのだが、それをやんわりとオブラートに包んで、注意されていたりした。

なかにはカートを押しながら、奥さんと一緒に買い物をしているじじもいる。

「これにしようか」

と奥さんが品物を見せると、

「あっちのほうがいいんじゃないか」

と二人で話し合って買い物をしている。こういうじじは、常に奥さんに寄り添っているので、邪魔になりようがない。若い夫婦やカップルは、圧倒的に男性も買い物に参加していた。冷蔵ケースや陳列棚前では多少の渋滞が起きるけれども、待っていればまたスムーズに流れる。

またじじでもふだんから買い物をしている人は、勝手がわかっているので、邪魔になる場所でぼーっと突っ立ったりはしていない。何か考えたり確認したりする必要がある事態になったときは、カゴを持って邪魔にならない場所に移動し、そこで買い物のメモを見たり、財布の中を確認したりしている。そういうじじたちを私は何人も見ている。棒立ちになるじじは、スーパーマーケットのような場所にも買い物にも慣れていない。それでも人の流れを見ていたら、そこで自分が邪魔になるかならないかはわかるだろう。それがわからないのが大問題なのだ。彼らは怒られてびっくりして場所を変えると、またそこで邪魔になったりして、通路の全体的な流れを把握できない。ふつう男性はこういうことは得意なのではないかと思うのだが、棒立ちのお供じじを見ては、

「意外にそうではないのかもしれない」

と考えながら店内を歩いていた。

私は混雑している場所を避け、買い物客がほとんどいない通路を歩いてレジに向かった。しかしここでもお供じじがやらかしてくれた。彼らは荷物持ちなので、妻と一緒にレジに並ぶ必要がない。そこで精算が終わったカゴを受け取るために、レジの後ろに立っているのだが、ここでも買い物客がサッカー台に移動するのをわざと妨げる

ように、動線のど真ん中に立っている。精算が終わった人が何人も、カゴを持ってサッカー台まで移動するときに、ぶつからないように体を曲げているのに、自分のやっていることにまったく気付いていないのだ。

精算の列に並びながら、

(あーあ、こういうことすらわからないんだな)

と呆れていると、私の後ろに並んでいた、私よりも少し年上の女性が、

「ちょっと、ちょっと」

と声を上げた。どうしたのかと振り返ったら、

「ちょっと、ほら、あっち!」

と大声でいいながら、腕を挙げて手の甲でなにかを払うようなしぐさをした。女性の目線をたどってみると、それは動線のど真ん中に立っていた男性に向けられていた。何度かの彼女の大声でやっと気がついたそのお供じじは、はっとした顔をしてずるずるとあとずさりしながら、こちらに顔を向けたまま、サッカー台に張り付いた。

「ったく、もう」

舌打ちの音の後、小声ではあったが怒りのこもった彼女の言葉を聞いて、私は何も見聞きしなかったふりをしながら、

（お察しいたします）

　と同情したくなった。

　精算を済ませ、私が買い物袋に品物を入れていると、隣にそのお供じじと奥さんがやってきた。お供じじはこれが私のお役目とばかりに、両手に買い物カゴを持ち、サッカー台にそれらを乗せた。

「ちょっとほら、肉をビニール袋に入れて」

　奥さんは怒っている。じじは、

「あ、ああ、これ？　これね」

　とうろたえながら、ロール状につながったビニール袋をカットしようとするのだが、なかなか切れ端が見つけられず、いつまでもそのロールをぐるぐると回し続けている。じじがいつまでもロールを回しているので、向こう隣にいたおばさんが、ビニール袋を取れずに手を宙に浮かせたまま困っていた。

「何やってんの。どうもすみません」

　奥さんはじじの手を叩《たた》き、おばさんに謝った。そしておばさんに背を向け、ものすごい勢いでマイバッグに商品を詰めながら、まるで地獄の底から聞こえてくるような低い声で、

「どうしてあんな邪魔なところに、ぼーっと立ってるのよ。みんなよけて通っていたじゃない。そんなことすらわからないの？」

と怒った。

「え、ああ……」

「ああ、じゃないわよ！　間抜けみたいに。恥ずかしい。気がつかないなんて馬鹿《ばか》じゃないの」

奥さんはロール状のビニール袋の端を、目ざとく見つけ、がーっと数枚分引っ張り出し、それらを引きちぎりながら、

「まったく、もう」

と怒りがおさまらないようだった。そういわれたじじのほうは、妻が引きちぎったビニール袋に、黙々と肉や魚のパックを入れていた。

買い物カゴにたっぷりふたつ分の買い物をマイバッグに詰め終えると、お供じじは両手にバッグをぶら下げて、奥さんの後をついていった。奥さんの後ろ姿からは、明らかに、「ぷんっぷんっ」という言葉が飛び散っていた。その後ろをとぼとぼとついていくお供じじの姿は、女王様と最下層の下僕といった感じだった。他のお供じじも、奥さんと並列で歩くことはなく、みんな背後からついていっているのが印象的だった。

そしてその翌日の大晦日《おおみそか》、日用品で買い忘れた物があったのに気がつき、同じ店に行った。一階が生鮮食料品、二階が缶詰、レトルト食品、日用品売り場なので、階段を上りながら一階を眺めてみたら、そこここに昨日と同じようなお供じじがいた。二階に上がるとまた同じくお供じじの姿があった。カートにはボックスに入ったティッシュペーパー、レトルト食品がどっさりと積まれている。このフロアは比較的混雑していなかったので、彼らがぼーっと立っていても、買い物客の動線を妨げないので、問題はなかった。

ところがカレーのレトルトパックがずらっと並んだ棚の前で、年配の夫婦が喧嘩《けんか》していた。喧嘩といってもほとんど一方的に奥さんのほうが文句をいっていて、

「あんたが欲しいといっているから買いに来たのに、今さらいらないっていうのはどういうこと」

と怒っている。するとじじのほうは、

「見たら急に欲しくなくなった」

とぼそっといっている。

「はあん？」

奥さんの表情は明らかに戦闘的になり、黙ってじじの顔をにらんでいた。すると彼

は、「いいよ、買えばいいんだろう、買えば」

と棚に手を伸ばそうとしたとたん、奥さんは、その手を力いっぱい叩き落とし、

「いらないものを買うような余裕はうちにはなあいっ」

と叫んで、ものすごい勢いでカートを押して行ってしまった。じじはあわてて後を追いかけていった。

私はあーあ、今年最後の夫婦喧嘩なのかなあと思いながら買い忘れた物を買い、二階のレジで精算を済ませて、階段で下りようとしたら、カレーのレトルトを買うか買わないかで揉めていたさっきのじじが、首をうなだれてそこで体育座りをしていた。

(なぜ、きみはそこで体育座り？)

相手は年上だし、じろじろ見るのも失礼だとは思ったが、やっぱり見てしまった。小学校低学年男子のような、悲しそうな困り果てたその様子に、ジバニャンのキャップをかぶせてあげたくなった。問題ばかり起こすお供じじは、幸せな正月を迎えられたのだろうか。私はじじたちをかばうつもりはまったくないが、ちょっとだけ気になったのだった。

ずるじじ

世の中には、恥ずかしげもなく、よくこんなことができると呆《あき》れる人がいる。「恥」の感覚が違うのである。私が物書き専業になって間もなく、ある出版社というか、出版部門もある会社の担当者が、会食をしたいといってくれた。私は彼女と食事をするつもりで、イタリア料理店に行くと、そこにははじめて会う男女が三人来ていた。担当者が、

「同僚なんです」

と紹介してくれて、何事もなく食事は終わった。すると、

「これから店を予約しているので、行きましょう」

と担当者がいう。彼女は酒好きなので、そういった店なのだろうと一緒に行くと、飲み屋にはまた二人の年上の見知らぬ男女が待っていた。もちろんイタリア料理店にいた三人の男女も一緒である。彼らは同じ部署の先輩というので、

「ああ、そうですか」

といって席についたのだが、私の仕事に直接関係のない人たちが、こんなに何人もついてくるって、いったい何なんだろうかと不思議に思っていた。

見ていると彼らの酒の注文の仕方は激しく、次から次へとボトルが並んでいく。酒が飲めない私は、さっきの店でお腹《なか》いっぱいになっているので、おつまみも食べる気がせず、ずーっとお茶を飲んでいた。

二時間ほどそこで飲んだ彼らは、店を出てもう一軒行くというので、

「私はもう帰ります」

と駅に向かおうとしたら、担当者が、

「来てくれないと困るんです」

と私の腕をがしっと抱えた。私は意味がわからず、首を傾《かし》げながら、彼女にひきずられていくと、妙にハイテンションな彼らは雑居ビルのある店に入っていった。そこは女性のいるクラブだった。そこにはすでに飲んでいる、頭髪の薄いプレじじがいた。

「やあ、こんなところまで、どうもどうも」と挨拶《あいさつ》してきたプレじじは彼らの職場の上司で、退職間際《まぎわ》といった感じの年齢だった。

彼らは赤いビロードのふかふかした椅子《いす》に座り、またワインだの水割りだのを注文

しはじめた。はっきりいって私は手持ちぶさたもいいとこで、しょうがなく柿《かき》ピーをつまんでいた。そのうち頭髪の薄いプレじじは、ホステスさんと一緒にダンスを踊りはじめ、それを見た同僚の男性たちも、かわりばんこに別のホステスさんと踊りはじめた。みんなとても楽しそうだったが、私だけぽつんと座っていて、いったい何のためにここにいるのかわからなかった。

そして二時間後にやっと解放されたとき、すでに十二時をまわっていたので、私は眠くて仕方がなかった。そんな私に担当者は、

「『群さんご接待』って領収書に書くと、我々の飲食代が全部浮きますから」

といって笑ったのである。

（はあ？）

心の中ではそういったが、あまりにびっくりして口には出せなかった。つまり彼らは、担当者が私と食事をすると聞いて、たかりにきたのである。そして酒を飲みたい奴《やつ》らが合流し、最後はクラブで飲みたいおやじが合流し、私を接待するという名目で、思いっきり飲食したというわけなのだった。

私はまだ物書き専業になったばかりで、業界の内情はよく知らなかった。担当編集者と食事をすると、それは接待として会社の経理にまわるのは知っていたが、まさか

それをいいことに、会ったこともない人間がたかりにくるとは想像もしていなかった。若い人ならともかく、プレじじまでやってきた。私をのぞいた七人は、高い酒をばんばん頼み、食事も高いものばかりを集中して注文していたから、相当な金額が計上されたはずだ。領収書を見た経理担当者は、

「群ようこってすごい酒飲みだったんだな。おまけに何軒もはしごをして、どういう人なんだろう」

と思うだろう。私は経理担当者に電話をして、

「私は食事はしたが、それ以外は私が飲んだんじゃないですよ。全部、御社の社員がたかってきたんですよ」

といいたくなった。とても気分が悪かったので、その会社とは二度と仕事をするまいと思った。

それから何年か後に、銀座の高級鮨店《すしてん》で昼間に対談をした。対談自体は無事に終わり、食事の時間になって、私と対談相手の方がカウンターに座り、目の前で店主が鮨を握りはじめた。ところがふと見ると、私の隣にちゃっかり、プレじじよりもまだ若い、プレプレじじが座っていた。彼より年上のカメラマンも私の担当編集者も、遠慮をして食事をしなかったのに、その「ずるプレプレじじ」は私の対談相手の方の担当

ではあったらしいのだが、その場にはほとんど関係ない立場の人だったと、私の担当者から聞いた。そして店主が握った鮨を、

「うまい、うまい」

と食べて、あっという間に帰っていった。私の担当者は、

「自分が興味がない対談のときは来ないくせに、こういうときばっかり姿を現す」

とものすごく憤慨していた。対談場所をチェックして、自腹で行けない店のときのみ、姿を現す人のようだった。自分よりも年上のカメラマン、同僚は食事をしないで店の隅で待機しているというのに、その前でぱくぱく高級鮨を食べられる神経は、相当図太い。そしてこういう人は、仕事ができないと思って間違いない。

「いっそ彼に鮨代を請求してやれば」

そう私の担当編集者にいったら、

「本当にそうしてやりたいですっ」

と顔をしかめていた。

その高級鮨店事件から間もなく、私の手持ちのスカーフの枚数が増えすぎたため、減らしているのだと、某出版社の年上の担当者に話したら、

「自分はどういった柄を選んでいいのかわからないんです。よかったらそれをいただ

じ じ る ず

けませんか」

といってくれたので、私は喜んで十枚ほど会社宛《あて》に送った。それからしばらくして、用事があって彼女と会ったら、

「スカーフ、ありがとうございました。とてもうれしかったんですけれど……」

と言葉を濁した。どうしたのかとたずねたら、彼女が箱を開けて、どんなスカーフが入っているのかと、楽しみに一枚ずつ見ていたら、そばにいた五十代半ばのプレじじが寄ってきて、それはどうしたのかと聞いてきた。彼女が私からもらったのだと話すと、

「うちの妻に最近はプレゼントもしてなくて……。スカーフも喜ぶかもしれない……」

などと、もごもごいいながら、そばにくっついて離れない。気持ち悪いなあと思っていたら、そのうち彼はスカーフの一枚のはしっこをするっと引っ張り、

「じゃあ、これを」

といって持っていってしまった。

「『じゃあ、これを』って何なんですか」

びっくりして私がたずねると、彼女も、

「私も驚いたんですよ。あっという間に持っていかれて。いただいたものなので、返してほしいって強くいえなくて。後からよく考えてみたら、持っていかれたのは、ルイ・ヴィトンのだったんです！」

「そんなことがよくできるわねえ」

私と彼女は顔を見合わせて呆れた。

他にもプレじじの「ずるじじ」に被害に遭った話はたくさん聞いた。夜の十時すぎ、会社で仕事をしていた知り合いの編集者に電話が入った。以前、仕事を一緒にしたことがある年配の男性からだった。仕事の話をしたいので、今すぐ来てくれないかという。

彼女はやりかけの仕事を中断して、彼が指定した場所に行ったら、そこは高級カラオケボックスだった。彼の他に仲間の男性が三人いた。彼女の姿を見ると、彼は、

「はい、ここに座ってて」

とソファを指差し、酒だの食べ物だのを注文し、歌を歌って盛り上がっている。彼女は、いったいいつ仕事の話をするのだろうか、これが終わってから場所を変えるのだろうかと思いながら、ずっと待っていたが、一時間待っても二時間待っても、彼らはますます盛り上がるばかりで、仕事の話が出るような雰囲気ではない。今日はだめ

だなと、彼女はトイレに行くために中座した。そして部屋に戻ると、そこには誰もいなかった。私がやられたのと逆バージョンで、彼らはカラオケボックスの代金を支払わせるために、彼女を呼び出したのだった。

「きーっ」

私はその話を聞いて、本当に頭にきた。若い女性を呼び出して、自分たちの飲食代を払わせるなんて、何てひどい奴らなのだろうか。彼らの名前を教えてもらったが、世間ではそれなりに有名な人たちだったので、

「あいつらクズとしかいいようがない」

と心から軽蔑《けいべつ》した。

そして先日、私が隣町の銀行のＡＴＭでお金を下ろそうとしたときのことだった。それはスーパーマーケットの一角に一台だけあり、横には購入した弁当を温める電子レンジや、カップ麺《めん》に入れるお湯のポットが置いてあったりと、セキュリティ面ではとてもラフなのである。しかし近くにその銀行がないので、設置されてとても助かっているし、それを利用するだけのために、店に出入りする人も多かった。

私が機械を操作していると、隣に人の気配がしたので、びっくりして横を見ると、通帳を手にしたじじが、にやにやしながら私の手元をじっとのぞき込んでいた。

「何ですか。そこに立たれると迷惑ですよ」

そういったとたん、

「そうよ。ちゃんと並んでください！」

と背後からおばさんの声が聞こえた。彼は私の後ろに並んでいる人を無視して、私の横にくっついて手元を盗み見ていたらしい。私とおばちゃんに責められた「ずるじじ」は、斜め上を見ながら店の中に消えていった。彼は並んでいる人を無視し、私の暗証番号や引き出す金額を見て、何をしたかったのだろうか。気持ちが悪い出来事だった。


鉄面皮とはよくいったものだ。しかしその強烈な言葉とは裏腹に、実際の「ずるじじ」は外見では判断が難しい。ものすごくずるい奴は顔つきでわかるが、規模が小さい「ずるじじ」は、一見、善良そうに見えたりもするので質《たち》が悪い。鉄面皮ならその名の通り、わかりやすく顔の皮が鉄でできていて欲しいと心から思ったのだった。

ラブホじじ

三十年以上前、当時私が住んでいた町に、一軒だけラブホテルがあった。路地に面して出入り口があり、人通りが少ないので夜は歩きたくないが、近くに図書館があったので昼間だったら問題はないだろうと、日中、私はよくその周辺を散歩していた。

正月の二日の午前中、私はその場所を散歩していた。ふだんにも増して人通りも車の量も少なく、空気もきれいでのんびりと歩いていた。そしてラブホテルの前にさしかかると、たった今、そのホテルから出てきた男女に出くわした。

別の場所に住んでいたとき、やはり日中、散歩をしていて、ホテルから出てきた客と出くわしたことは何度もあった。大学生風のカップルもいたし、主婦と思われる品のいい三十代後半に見える美人と、二十代の学生風の男性など、

「えっ、そうなの」

と思うような人たちが、そこから出てきた。その主婦らしき女性は、手に買い物袋

とレジ袋を持っていて、明らかに買い物の帰りにそこに立ち寄ったという感じだった。

（うーむ、これだったら家族の誰も不審に思うまい）

私は感心しつつ部屋に帰り、彼らに対しては嫌悪感《けんおかん》を持たなかった。

ところが正月の二日に見かけたのは、明らかに七十歳をすぎた小太り白髪の老人と、こちらも明らかに素人《しろうと》には見えない女性の二人だった。そのとき私はそのラブホじじに対して、今まで感じたことがない不愉快さが頭をもたげてきて、気分が悪くなってきたのと同時に、彼らを追い越して顔を見たくなった。しかしそれをぐっとこらえて彼らの後をついていった。

ラブホじじはきれいに白髪を撫《な》でつけ、着ているコートの仕立てもとてもよかった。後ろ姿しか見ていないのに、なぜか体から発している雰囲気がとても感じが悪い。

（金があるからといって、正月の二日の朝っぱらからラブホテルに出入りするなんて、いったい何を考えているのだろうか）

私は憤慨しつつ、でもしたくなっちゃったらしょうがないかな、とか、妻が亡《な》くなって相手にしてくれる女性がいなかったら、そうなってしまうかもしれないなど、なるべく好意的に考えようとした。一緒に出てきた女性は、後ろ姿を見ただけだが、明らかに不健康の見本が歩いているようだった。身長は私と同じくらいかやや低く、それをカバーするためか、びっくりするほどヒールが高い靴に大柄のメッシュのストッキングを穿《は》いていた。そして少しでも身をかがめたらお尻《しり》が見えてしまうくらいに短いワンピース。髪の毛は金髪と茶髪の中間の色で明らかに栄養が行き届いていなくてばっさばさ。背中の真ん中ほどの長さのロングだった。そして体重は足の尋常ではない細さから見て、三十キロ台だと思う。

雰囲気からは専門的にそういう仕事をしている女性と察したが、仕事をする前にまず、体調を整えたほうがいいんじゃないか、元締めの経営者もいるのだろうから、もうちょっと健康的になるように、考えてあげればいいのにと腹が立ってきた。そしてまた隣を歩いている、ラブホじじの背中を見ていたらまたまたむかついてきて、

（あんたがそんなことをするからだ）

と怒鳴りつけたくなった。もちろん向こうから、

「お前に関係ないだろう」

といわれればその通りなのだが、まったく会話もなく、ただ並んで歩いている二人の姿を見ていたら、貧しい病弱な娘のほっぺたを大判小判でぴたぴたと叩き、手込めにする悪代官の姿が浮かんできて、一週間くらい不愉快だった。

そのラブホじじの話を編集者の男性にしたら、彼は真顔で、

「うーん、なかにはそういう女の人が好きな男もいますからねえ」

といった。

「えーっ、そうなの」

「見るからに不幸そうな女性が好きな男もいるんですよ。でもそういう人を奥さんには選ばないんですけどね」

「はあ～。それで事の最中は楽しいのかしらねえ」

「ある種の征服欲が満たされるんじゃないですか」

「征服欲って、自分よりも何かしら上の人に対して持つものなんじゃないの。自分より体格も収入も下の立場の人に、そんな気持ちを抱いても何にもならないんじゃ……」

「そこがね、男の愚かなところなんですよ。きっとそのじいさん自身も、満たされないものがあるんじゃないですか」

たしかに性的に満たされていないから、玄人《くろうと》の女性とラブホを使うようになったのだろう。自分の体格と正反対の細身の女性が好みだったのかもしれないが、それにしても病的に細身すぎたのだと話すと、彼は、

「きっと細身の女性と頼んだら、その人が来たんじゃないでしょうか。太っていなけ

ればいいと思ったのでは」

といった。ラブホじじにしてみれば、外見はどうでもよく、体の一部分だけが重要だったのかもしれない。それにしても身なりはいいのに、とても感じが悪いじじだった。

その町を引っ越してからは、近所にはラブホテルもないので、出入りしている人を見かけることはなくなった。ところが先日、会食があり、私ははじめて降りた駅で、わかりにくい場所にある飲食店まで、地図を見ながら歩いていった。駅前は人が多かったのだが、だんだん歩いている人も減ってきた。おまけに私は方向音痴ときているので、地図を持っていてもまったく役に立たない。事前に調べてきたはずなのに、

「あれっ？」

と首を傾げる状況になった。しかしそれを見越して早めに家を出たので、時間はまだ十分にあった。周囲の地番表示をきょろきょろと確認しながら歩いていると、人通りの少ない路地に入っていった。すると私の目の前に、じじばばが並んで歩いていた。近所に住んでいる老夫婦の散歩かと思ったら、男性のほうはツイードの茶色のジャケットにグレーのズボン、革靴を履いている。女性のほうはクリーム色のコートに中ヒールを履いて、ハンドバッグを手にしている。二人ともお洒落《しゃれ》をしていて、明らかに

どこからかやってきた人たちなのだった。

彼らよりも私のほうが歩くのが速いので、自然に距離が近づいていくと、二人は敬語で話していた。道路沿いの家の庭にある木を眺めては、

「ほら、あそこにつぼみがついていますよ」とじじがいう。するとばばが、

「あら、本当、かわいいですね」

とにっこり笑ってこたえている。敬語で会話をする夫婦もいないわけではないが、彼らは夫婦ではなさそうだった。私は恋愛に関する事柄には鈍感だが、人に対しての勘はそれなりにある。たとえば中高年の男女が歩いていて、夫婦かそうではないかは見ていてわかるものだ。ひとつ屋根の下に住み、同じようなものを食べていると、そうなってくるのか、夫婦だとどこかなじんだ感じがする。たまにもとは他人のはずなのに、顔がそっくりの夫婦もいて驚いたりもする。それだけ夫婦は会話はしなくても、どこかまとまった感じがするのだが、彼らにはそれがまったくなかった。

私は歩く速度を落とし、つかず離れずの状態を保ちながら、二人がいったいどういう会話をしているのかと、聞き耳を立てていた。するとじじのほうが、自分の学生時代の話をしはじめた。

「歴史に興味があって、将来、専門的に勉強をしたいと思って入学したんです」

「はあ、それはご立派ですねえ」

ばばが相槌《あいづち》を打ち、じじが何事か彼女にたずねると、

「父が厳しかったものですから、学校との行き帰りばかりでしたわねえ」

とおっとりというのだった。これは絶対、夫婦ではない。しかしただの友だちでもないというのは、彼らが醸《かも》し出す雰囲気が物語っていた。中高年の男女の友だち関係も、見ているとすぐにわかる。友だちであれば、どこかあっさりしている。ところがこの二人は、他人行儀な感じはあるが、お互いに好きという感情が根底にあるとわかる、話し方、態度で、ねっとりとしている。

(二人はお付き合いしているのか。それともまだそこまでいっていないのか)

後ろをついて歩いていた私は、これからいったいどうしたらいいのかと、ゆっくりと歩きながら悩んだ。彼らの会話も聞きたいし、かといってぴったりと背中に張り付いて歩くわけにもいかない。仕方なく私は何の用もないのに、立ち止まってしばし電柱を見上げたり、塀に貼《は》ってあるポスターをしげしげと眺めたりして、時間を稼ぎながらその二人の後をついていった。

そのうちばばのほうが、夫が亡くなったときの話をしはじめ、

「そうそう、そうでしたね」

とじがうなずいている。

(会ったのははじめてじゃなくて、お互い、家の基本的なことは知ってるのだな)

彼らが何度かデートを重ねているのもわかった。高齢者だからデートをしてはいけないというわけでもなく、中高年専門のお見合いパーティーも開かれているくらいで、恋愛をしても問題はない。しかし私はそういう二人を目の前ではじめて見たので、彼らには申し訳ないが、どういう会話をしているのか、興味津々《しんしん》だった。

しばらく歩いていると、その一本道の左側にラブホテルが見えてきた。私は彼らが何も話さなくなったので、情報収集はとりやめて、自分の本来の目的である飲食店に急いだ。どうやら道を一本間違えて手前で曲がってしまったらしい。道の先を右に曲がればよいとわかり、彼らを追い越して歩いた。ラブホテルを越えて、ふと後ろを振り返ると、じじばばの姿が消えていた。一本道で道路沿いにあるのは一般住宅や閉店した電器店、草が生えた空き地などで、飲食店などは皆無である。

「えっ、もしかして……」

私は現場を目撃していないので、彼らがどこにいってしまったのかわからないが、入る可能性があるところはそこしかない。まさか狐《きつね》には化かされていないだろう。

「やるなあ、じじばば」

こんなラブホじじばばなら、いやな気持ちにはならないと思ったのと同時に、あーびっくりしたとつぶやきながら、私は待ち合わせの飲食店に走ったのだった。

配達じじ

宅配便の荷物が増えているのに、配達する人を確保するのは大変だそうである。私は通販を利用して長いのだが、利用開始当時はどこの業者も配達してくれる人は若者ばかりだった。通販をはじめた当初から、料金に上乗せをする必要があっても、感じがよく時間どおりに配達されるQ業者を選んでいた。選べないときは店と提携している業者に配送してもらうのだが、X業者の三十代の男性は、いつも足を止めずにずっとランニング状態で愛想がなかった。

あるとき外を歩いていたら、Xの軽トラックが停まっていた。運転席には無愛想な彼が座っていて、制服のシャツの袖《そで》をまくりあげ、腕を曲げて上腕二頭筋が盛り上がるのを、バックミラーに映しながら、とってもうれしそうに笑っていた。配達のときには彼のそんな笑い顔など見たことがなかったので、あの人は自分の筋肉が好きだったのだな、自分の筋肉を大きくするために働いているのだから、配達先には荷物を届ければよいとだけ考えているとわかった。それからしばらくして彼を見かけたら、明らかに体が極端な逆三角形になり、着々と筋肉が大きく成長していたが、それからすぐに来なくなってしまった。目的を達成したので、配達業務は必要がなくなったのかもしれない。

このようにどちらかというと、若者中心だった配達員だが、リーマンショック以降、私よりも高齢ではないかと思われるじじも配達に来るようになった。会社が倒産したらぼーっとしているわけにもいかず、すぐに働く先を見つけなくてはならなかったのだろうけれど、明らかに、

「あなた、向いてないです」

といいたくなるじじが何人もいた。

いちばん驚いたのが、いばりくさったXの配達じじである。当時、私よりずっと年上に見えたので、もしかしたら七十代に近かったかもしれない。インターフォンが鳴ったので出ると、

「荷物！」

と怒鳴るような声が聞こえた。配達員でそんないい方をする人などいないので、いったい何だろうと首を傾げ、ドアスコープで確認したら、恰幅《かっぷく》のいいじじが段ボール

箱を抱えてやってきていた。ドアを開けるとそのじじは仏頂面《ぶっちょうづら》のまま、

「ほれっ」

といって受領用伝票をのせた荷物をぐいぐいとつき出した。そして黙ったまま顎《あご》で伝票を示して、伝票に受領印を押せと指示する。荷物を受け取り、伝票に受領印を押すと、ふんっと鼻息を噴いてひったくるようにして伝票を握って去っていった。横柄《おうへい》だっただけではなく、荷物に煙草《たばこ》の臭《にお》いがしみついていた。

業者の制服は着ていなかったので、彼がどういうポジションにいるのかはわからなかったが、どうして彼は配達を仕事にしようと決めたのかと、いろいろと考えてみた。まっさきに頭に浮かんだのは、リーマンショックによる会社の倒産である。彼は会社にいたときは、年齢的にも態度から見ても、上の地位にいたのに違いない。それが倒産によって放り出され、給与収入がゼロになった。あれくらいの年齢になれば、貯金もあるのではとこちらは勝手に考えるが、それぞれの家の事情によって、働かなくてはならない人たちもたくさんいただろう。あの態度からすると、明らかにいつも上から指示しているタイプで、下のいい分は絶対に聞かない、他人とふつうにコミュニケーションがとれない人のようだった。うちだけに荷物を届けに来たわけでもないだろうから、あんな調子では配達先全部に、いやな感じを与えているのだろうなと思って

いたら、そのじじがやってきたのは、その日、一度きりだった。

あまりにひどい態度だったので、私は彼の人生を想像してみた。頭がいいので子供の頃からちやほやされて、傲慢《ごうまん》な性格に育つ。偏差値の高い大学を出て、彼のプライドを満足させる一流企業に就職する↓仕事はできるのでとりあえず出世する。地位が上がるにつれてますます横柄になる↓部下にとても嫌われていて、会社内でも他人を馬鹿にしつつ過ごす↓役員になって会社に残ったものの、リーマンショックのあおりをくらって会社が倒産↓妻に無職は許せないので働けと文句をいわれる↓性格の悪さのため、誰も再就職に関して手を差し伸べてくれない↓すぐに就職先は見つからず、やむをえず目についた配達業務の募集を見て面接に行く↓太りすぎて制服が入らないので、特例として私服を許される↓配達をはじめると、どうしてこのおれがこんなことをやらなくちゃいかんのかと不満たらたら。かつての自分よりも収入が少ないであろう奴らや、若造がいる配達先に頭なんか下げられるかと憤慨しつつ配達↓それによる態度の悪さで営業所に苦情殺到↓即刻クビをいい渡される↓家でふてくされる↓夫婦仲最悪。こんな流れなのではないかと思う。

なかにはきちんとQの制服を着て、配達していたじじもいた。当時すでにじじだったので、横柄じじと同年配だったが、同僚の若者と変わらず重い荷物を運び、大型トラックを運転していた。あの年齢で若者と同じような労働をするのは、よほど体力があるのだろうなと感心していた。特に愛想がいいわけでもないけれど、ごく普通に応対してくれて感じは悪くなかった。

しかし一度、代引きの荷物で、準備していた金額が私の勘違いで五円足りなかったとき、ものすごく大きな声で、

「足りない!」

と叫び、冷たい目つきで見られたときにはちょっとびっくりした。別に私は金額をごまかそうとしたわけではない。

「ごめんなさい。間違えました」

財布から五円玉を出して渡すと、彼はむっとして、黙ってそれを受け取って去っていった。彼が感情をむき出しにしたのは、そのときだけだった。以前、代引きの荷物を扱って、もらった金額が足りなくて営業所から怒られたとか、じじにとっては許し難い記憶が、代引きにあったのかもしれない。意外とこのじじは怖いのねと肝に銘じたけれど、私はそれからもごく普通に応対していた。

じじが配達に来るようになって二年後、Qのトラックが道路に停まっているのをよく見るようになった。配達時はどこかに停車するわけで、その場合は荷物が積んであ

る後部で作業をしているか、無人かのどちらかなのだが、じじは運転席に座ったままだった。伝票をチェックするわけでもなく、ただ茫然《ぼうぜん》と前を見て座っていた。顔なじみの若い配達員とは、彼が配達車に乗っていて、私と目が合うとお互いに会釈《えしゃく》をしていたのだが、じじとは目が合ったことがなかった。私は彼が車内で休んでいるのだろうと思い、遠い目をしているのも、目の疲れを軽減させようとしているのではないかと考えた。

ところがその後も、トラックが停まっているのを何度も見かけ、じじはハンドルに突っ伏しているようになった。それが夜ではなく、午後三時から四時にかけてだった。荷物の仕分けなどで朝早くから働いていて、ちょうどそれくらいの時間に疲労のピークがくるのかもしれない。私はじじの姿を見て心配になってきた。他の配達員の父親くらいの年齢である。同じ内容の仕事、それも肉体労働だから老体にはきついはずなのだ。最初は平気でも、じわじわとダメージを受けていたのだろう。

彼が荷物を届けてくれても、フレンドリーなタイプではないので、気軽に「体は大丈夫ですか」と聞ける雰囲気ではなかった。またそういうふうにいわれて嫌な気持ちになる人もいると思うので、私は「ご苦労さまでした。ありがとうございました」以外の言葉はいわなかった。しかしそれからも彼がハンドルに突っ伏している姿を、別の場所で三日続けて目撃したことがある。

体調不良で車の運転をしていたら、何が起こるかわからない。運転中に意識を失って大事故になる可能性だってないわけではない。じじが配達に来るたびに、大丈夫かしらと気になっていたのだが、それから二か月ほどして担当者が替わった。じじ本人も相当きつかったのではないだろうか。やはり年齢にふさわしい職種はあると思う。それからはQの荷物は、四十代くらいの働き盛りの配達員が元気に明るく運んでくれている。

一方でXは若い人が担当だったのが、中年になり、そして突然、じじに替わった。以前は時間指定の荷物が時間通りに届いたことがなく、また営業所から荷物がどこにあるのかわからないなどといわれ、私のなかでは最低ランクの業者だったのだが、小《こ》籔千豊《やぶかずとよ》にそっくりな中年男性が担当になったとたん、きっちりと荷物が届くようになった。

配達する人によってこんなに違うのかと驚いていたら、彼もすぐに来なくなり、その後を継いだのが、じじだった。彼はとても感じがよく配達にも慣れていて、少しでも指定の時間帯に遅れるととても恐縮するので、かえって申し訳なくなる。彼らのおかげで、以前のように自分の荷物がどこにいったのかわからない状態は避けられるようになった。

　そしてつい先日、オートロックを解除して、ドアのところで荷物を待っていると、今までで最高齢のじじが荷物を持って現れた。Tシャツにデニム姿だが七十代後半にみえた。これまでのなじみのあるQやXではなく、最近配達してくれる新しい業者である。瘦身《そうしん》の長身で荷物を抱えてやってきたときには、エレベーターを使ったはずなのに、ものすごく息が荒くなっていた。そして手ぶらになっても、荷物の重量が体の筋力に影響を及ぼしたのか、帰る足元がよろめいていた。また、近所で荷物がぎゅうぎゅう詰めになった車から、彼が荷下ろししているのも見かけたが、足を大きく開いて荷物をよっこらしょと取り出し、両腕に抱えたのはいいが、よろよろとふらつきながら歩いて行った。心配になって彼の姿を目で追っていると、無事、配達先に荷物を届けたようだった。

　こんな具合で、配達をしてくれる業者の平均年齢は年々高くなっている。私は以前に比べると通販からは遠ざかっているけれど、必要なものは買う。買って帰るのが辛《つら》い、大量のネコ缶や本ばかりである。なのでうちに届く荷物のほとんどはとても重い。それを私と同年配、あるいは年上のじじたちが運ぶと思うと申し訳なくなる。年寄りの「おれは大丈夫」は、往々にして大丈夫ではない。これから若者による配達員増員は望めない。日本でもドローンを使うのか、それとも別の手段が出てくるのか。これからの通販は荷物が届くか配達員が倒れるか、どきどきするような危ない状況になるような気がしている。

小言ばば

まだ私が若かった頃の、自分の母親よりも年上のばば、といってもばば予備軍だったかもしれない彼女たちにいわれたことを思い出すと、時代の差をとても感じる。その多くは「女はこうあるべき」といった内容だったが、年長者からのアドバイスだからと、その言葉をまじめに信じて行動していたら、えらいことになっていたに違いない。

私は大学に入学した当初から、学費とアメリカに行くための旅費と、自分のお小遣いを稼ぐために、ずっと書店でアルバイトをしていた。たまたま出先で見かけた求人の貼り紙の、時給があまりに高額なのに目がくらみ、試しに面接を受けたら合格してしまったのだ。昼間勤務のアルバイトの人たちは、会社に勤めている同年輩の人たちよりも、保障はないけれど手取りは多かった。私も月曜日から金曜日までは、夕方から夜にかけての三、四時間の勤務、月に四、五回の土日の朝から夜までのフルタイムで、学費を支払い、憧《あこが》れだったアメリカにも行き、ごくふつうの大学生の小遣いが残るくらいの報酬をもらっていた。

そのフルタイムのときや、日中の早い午後、一時限だけ授業に出て、大学からそのままバイト先に行くと、勤務の途中でお腹がすくので、書店と同じビルの最上階にある、十席ほどの小さな喫茶店で食事をしていた。通路のいちばん奥にあって、客は同じビルで働いている人たちばかりだった。喫茶店のオーナーの女性は若作りで、絶対に自分の年齢がわかるような発言はせず、当時、四十三歳の私の母よりも、十歳以上は年上のように見えた。

三か月のアメリカ旅行から帰り、久しぶりにアルバイトを再開して、喫茶店にも顔を出した。私は渡米の記念にと耳たぶにピアスの穴を開けて帰った。その話をばば予備軍の年齢であったであろう彼女にすると、

「どうしてそんなことをしたの」

と真顔で叱《しか》られた。そして、

「親からもらった大事な体を、そんなことで傷付けていったいどうするの。そしてこれからあなたは結婚しなければならないのに、奥さんがピアスなんかしていたら、派手な女と思われて、相手の両親に嫌がられるに決まっているでしょうが」

と小言をいわれたのだった。当時、離婚が成立してテンションが上がっていた母親は、私の耳のピアスを見て、

「あらー、いいわねえ。私も開けたいなあ」

とうらやましがっていたのに、親ではなく他人からきっちりと叱られてしまった。

当時は結婚前に男性と交際するのも、プラトニックならともかく、肉体関係を持つのは傷物になるからだめ。相手の男性が婚約者であっても、清い交際が求められる世の中だった。後年、多少はゆるくなったけれども、結婚する女性は男性経験のある「傷物」ではいけなかった。そのかわりに男性が玄人の女性と遊ぶのには、甘かったような気がする。そうはいっても、高校生くらいから彼氏がいる子も多かったし、クラスメートから様々な初体験の話を聞いていた。なかには学生時代に何人もの男性と交際したあげく、結婚相手は条件を重視して、見合い結婚をするという女子学生もいて、

「雑誌に広告が載っていた、『処女膜再生手術』ってどうなんだろうか」

とまじめに相談されたこともある。

現在も活躍しているミュージシャンが結婚したときに、どうして結婚したのかと聞かれて、彼女が処女だったからといっていた記事が出て、それを読んだ私は、

「はあ？」

と首を傾げ、時代の先端をいっているミュージシャンが、こんなことをいうなんてと、とてもがっかりした。いくら外見が格好よくて、時代を引っ張っていくような男性であっても、結局、中身はそうなのだった。

私は男性と交際して深い仲になったわけでもなく、ただ耳たぶに小さな穴を開けただけなのである。しかしまだピアスをつけている人が少なかったこともあり、オーナーにとってはショックだったようで、私が店に行くたびに、

「その耳たぶの穴はなんとかならないの」

と小言をいわれ続けた。

「ピアスをはずしたら、またくっつくみたいですけどね」

そう返事をすると、ほっとしたような顔で、

「じゃあ、すぐにはずしたほうがいいわね」

という。しかし他人に私の耳たぶの穴について、あれこれいわれたくないと、私はそのまま無視していた。ずっとピアスをつけ続けている私に、彼女もそれ以上何もいわなくなった。

その後、彼女の思いが通じたのか、穴を開けた店でつけてもらった、金のピアスが

よくなかったのか、皮膚が弱い私の体質のせいかわからないが、かぶれを起こしてやむをえずピアスを抜かなくてはならなくなり、そのまま穴はふさがってしまった。当時はピアスの穴を開けただけで、小言をいうばばがいたのである。

またもう少し後の話だが、迷いもなくばばといえる年代の女性と、食事をしていたとき、彼女がお酒を注文し、

「あなたはどうする？」

と私に聞いた。

「飲めないので、私はお茶にします」

というと、

「本当？」

といってにやっと笑った。

うちは父親がアルコールが一切だめで、私はその血を受け継いだらしい。そんな彼でも夏にはビールを飲みたくなるらしく、風呂《ふろ》上がりに飲んでいるのを見たことがあった。しかしそのうち姿が見えなくなり、いったいどこにいったのかと探すと、縁側で倒れていた。私は学生のときに試しに飲んでみたが、顔が真っ赤になって息苦しくなる。ちっとも楽しくも気持ちよくもないのであった。

その話をしても、ばばは、「ふーん」と本気にする様子もない。そして、「男の人の前では、特に飲めなくなるんでしょ。こんなところで嘘《うそ》をつくなんて、よくないわよ」

という。

一瞬、何をいわれているのかわからなかった。会食の相手が女性であっても男性であっても、酒が飲めないのは同じなので、どうしてそんな話になるのかと考えていた。そしてばばは、「私が飲めるのに飲めないと嘘をついている」と疑い、特に男性の前ではそういう女性を装《よそお》っているといいたいのだろうとわかった。

「本当に飲めないんですよ。化粧品もアルコールが入っているとだめなので」

こういう人にいくらいってもだめだろうなと諦《あきら》めつつ、いちおうこちらの立場も、ばばに理解してもらいたくていってはみたが、彼女は私を見て薄笑いを浮かべるだけだった。

たしかに私は若い頃、日本酒が強そうだとずいぶんいわれた。典型的日本人の平たい顔だかららしい。酒は顔で飲むわけではないので、それは彼らの明らかな誤解である。若い女性は飲めたら飲めたで何かいわれ、飲めないと正直にいったら嘘をついていると疑われる。どちらにしてもいいことはなかった。

それから何回か、私だけではなく他の人たちも含めて一緒にばばと会食する機会があり、私がいつもひと口もアルコールを口にしないのを見たばばに、

「あなた、本当に飲めないのね」

と驚かれた。私は腹の中で、

(当たり前だ！)

と叫びつつ、

「そうなんですよ」

と顔では笑っていた。疑いを晴らすのに三、四年かかった。

その後、年上の女性と会食したときに、なかに「私、飲めないの」といった人がいて、私と同じだと見ていたら、結構、ぐいぐい飲んだりしていて、こういう人がいるから、私が誤解されたのだとちょっと腹が立った。そして彼女も私が口だけで飲めないといっていると思ったらしく、どんなときも飲まないのを見て、ばばと同じように、

「本当に飲めないのね」

と驚いていた。このときも、

(当たり前だろー。あんたとは違うわ)

と腹の中で文句をいった。

今は私の担当編集者は若い人たちばかりだが、そういう人たちは女性でも、ランチのときに、

「私、飲むんです」

と素直にいってくれる。アルコールを頼む人もいるけれど、自分で仕事等の責任が取れるのであれば問題ない。彼女たちはワインやビールを飲んでも、まったく表情も仕事ぶりも変わらず、こちらの負担にもならない。

私の母親が父親よりも飲めると知ったのは、彼女の離婚後だった。働くようになり、会社の人たちと飲み会があると、もともと人の集まりが大好きな彼女は、積極的に参加していた。そしてふだんも明るくてうるさいのが、酒を飲むとますますテンションがあがり、家に帰ってくるとはしゃいで、

「今日、パブに行った」

と喜んでいる。「お母様、その場所は入浴剤ではなく、パブではありませんか」と注意したくなったが、面白いので放っておいた。母親が飲めるのに飲めないふりをする女かどうかはわからないが、酒を飲むとより騒がしくなるとわかった。

小言ばばたちの発言を考えると、女性個人の生き方、心持ちの問題というよりも、対男性への意識を強く感じる。現代のばばはどうだか知らないが、当時の小言ばばた

ちは、自分の意見というよりも、男性の考えをただ若い女性に伝えているにすぎなかった。つまり男性基準で、嫌われないように、できるだけ好かれるように振る舞えということだ。本当に彼女たちが本心でいっていたかはさだかではない。ばばたちが男性の前で飲めないふりをする女性だったかどうかもわからないし、そういっておけば、まっとうな大人に見えると思っていたのかもしれない。しかし私にそういったのは事実なのだ。

年長者が自分よりも長く生きているのは事実だし、彼らの言葉に耳を傾ける必要はある。同性の場合はこれからの生き方として参考にしようとも思うけれど、それも相手の人の性格次第である。私はあと少しでばばの域に達するけれども、若い人たちには、

「年長者の言葉だからといって、全部素直に聞いてはだめ。相手の本当の性格をよく見極め、それは違うと思ったら無視しろ」

とアドバイスしたいのである。

短冊《たんざく》じじ

今の住居に引っ越した当初、古くて比較的広い住宅が多い、うちの近所を散歩していたら、ある一軒の家に目がとまった。その家は門扉《もんぴ》があり、塀の向こう側から大きな木が路地に向かって枝を下ろしている。ちゃんと剪定《せんてい》をして、すっきりとさせればいいのにと思いつつ、たまにその家の前を通っていたのだが、ある日から異様な雰囲気になっていた。

その葉が茂っている枝に、白いボール紙製の短冊が、何十枚もビニールひもでぶら下げられていて、とても見苦しい状況になっている。七夕とは全く関係がない時季だったので、いったい何なのだろうかと近寄って見ていたら、それはすべて隣家に対する罵詈《ばり》雑言《ぞうごん》だった。さすがに実名ではなく「M家」とはなっていたが、その家の左隣はマンションが建っていて、右隣は頭文字が合致するその家しかないので、誰が見ても隣家のことだとわかるのだ。

その内容は、「M家は挨拶《あいさつ》をしても無視する無礼な家」「M家は盗人《ぬすっと》で下劣な人間」「ご近所のみなさん、こんな人物と関わるのはやめましょう」など、この家の住人が訴えたい三点が、表現のニュアンスを少しずつ変えたおびただしい短冊によって、公《おおやけ》になっていた。一方、非難されているM家のほうは、外見的には変化が見られなかった。短冊が筆書きなので、書いたのは年配の人だろうと思っていたのだが、そのうち大雨が続けて降った。私はこれで、あの枝という枝にぶら下がっている大量の短冊が雨に濡《ぬ》れて、みんな読めなくなるだろう、怒りにまかせて書いたはいいが、徒労に終わったと思っていた。

ところがその雨が上がって何日か経《た》ったある日、その家を通る前に私は、きっとあの短冊は全滅して、文字も濡れ落ちてどろどろのまま吊《つる》されているか、全部撤去されているだろうと期待していたら、何とその短冊のひとつひとつに、ビニールがかけてあった。文字が流れてしまったらしい短冊は新しく作り直されていた。それも大雑把に袋をかぶせたのではなく、短冊のサイズに合わせてぴっちり作ってあったので、私は、雨が降るからと短冊のサイズを測り、ビニールを購入し、ぴったりのカバーを作ったその手間を考えると、恐ろしくなってきたのである。

私はその家の住人について何も知らなかったが、高齢者だけが住んでいるような雰囲気だった。もしも短冊の制作者が一人でやったのであれば、それはものすごい集中力と執着力だし、老夫婦で住んでいるとしたら、ご近所とは揉《も》め事を起こしたくない消極的な妻をも巻き込んで、二人でせっせと短冊カバーを作ったのかもしれない。カバーがついて雨が降っても影響を受けなくなり、そのアジテーション短冊は、延々とぶら下げられることになったのである。

それから半年ほど経って、その家の前を通ったら、家の中から七十代後半くらいの女性が出てきた。性格がきつそうでも意地悪そうでもなく、若い頃に先生でもなさっていたのかなという印象の人だった。彼女は塀の外に枝を伸ばした、短冊がぶら下がった木を見上げている。もしかしたら少しずつ短冊をはずすのではと、見ていたら、特に何もせずまた家に入ってしまった。妻はいやがっていたのではなく、夫唱婦随で短冊をぶら下げることには積極的で、

「M家はひどいわ！　やってやりましょう」

となった可能性もある。そして短冊の状態を確認し、

「異状なし」

と納得した可能性もある。取らないのかと私はがっかりして帰った。

またそれからひと月後、駅前の書店に本を買いに行こうと歩いていたら、道路が工

事中になっていて、短冊の家の前を歩かなくてはならなくなった。すると例の家から、グレーのズボンにワイシャツ姿の老人が出てきた。腰は曲がり、肩をいからせ両方の肘《ひじ》を張って大股《おおまた》で歩いている。彼のその様子を見て、私は間違いなく、彼があの短冊を書いたのだなとわかった。闘志というか怒りがその体形からにじみ出ていた。

短冊じじの姿に納得しながら書店に入り、本を探していると、彼が後から入ってきた。そして肩をいからせたその格好のままレジカウンターに歩み寄り、

「ちょっと、あんた」

と大声で店員に話しかけた。声が大きいのは多少、耳が遠くなっているからだろう。そして、日本史関係の書名をいい、

「これ、どこにあるの」

と聞いた。私はそれを聞きながら、

(申し訳ございません。その本はうちには入荷しておりません)

と心の中で返事をした。今はなくなったチェーン店のこの書店は、欲しい本だけがない不思議な品揃《しなぞろ》えで、確実に店頭にありそうな、文庫、雑誌、漫画を買いに行っていたのだが、それらの新刊すらないことがある店なのだった。

いちおう聞かれた店員は、日本史の棚を探していたが、

「申し訳ございません。うちには入荷しておりません」

と謝った。すると短冊じじは、

「入荷してない？　どういうこと？　これ、相当、評判になってるよ？　だめだよそんなことじゃ」

と説教をはじめた。すると店員はあせった様子でコンピュータの前に移動し、系列店の在庫をチェックしたようだった。そして近くの系列店にあったので、二日か三日後には届くのですがと、短冊じじに説明した。

「はあ？」

彼は不愉快をあからさまにした。

「他の店にあるんだったら、すぐ届けてもらえばいいだろう。近くだったら明日には届くだろうに。どうしてそんなに時間がかかるんだあ」

怒られてしまった店員は体を縮めて、

「申し訳ありません。本を運ぶ便の都合がありまして、翌日というわけにはいかないのです」

と説明した。それなのに短冊じじは、文化を担《にな》う書店がそんなことじゃだめだとか、新聞に書評が載っていた本すら入荷していないなんて、怠慢だろうと大声でわめいていた。

（あーあ、ああいった性格だから、短冊なんかぶら下げちゃうんだろうなあ）

と呆《あき》れながら様子をうかがっていると、ぶりぶり怒りながらも、

「ふんっ、仕方ない。届いたら連絡して」

といい放った名前は、表札に書いてあった名前と同じだった。

なるほどああいうタイプが短冊じじになるのだなと私は深く納得した。となるとなぜM家は彼の標的になってしまったかである。何も原因がないのに、あんなことをするとなると相当問題ではあるが、彼には短冊をぶら下げなくてはならないような、許し難い問題があったのだろう。誰もが隣家と仲がいいわけではないので、お互い知らんぷりで何の関係も持たない家同士も多そうだが、わざわざご近所に知らしめるのは、相当怒りが根深い。何十年もの怨恨《えんこん》が、晩年になって爆発したのだろうか。

そしてその罵詈雑言短冊はカバーがつけられたまま、十年近く放置されていた。その対象となったM家は建て替えられ、若い夫婦と小学生の子供たちが住むようになったらしい。表札の名字が以前と同じところを見ると、息子夫婦一家が住むようになったらしい。それからしばらくして、町内の掲示板で短冊じじの訃報《ふほう》を見た。その後すぐに彼の家の前を通ったら、木は短く切られ、それによってカバー付短冊のすべてがきれい

に撤去されていた。奥さんもあの性格のじじに強くはいえなかったのだろうと心中をお察しした。

短冊問題が落ち着いたと思っていたら、つい最近、また別の家の木の枝に短冊が下げられているのを見つけた。うちの近所は路地が多く、車がすれ違えない狭さなのに、一方通行ではない場所がたくさんある。そんな路地に建っている古い木造住宅の住人が、短冊をぶら下げていた。遠慮がちに三枚だけだが、それでもご近所や通行人へのインパクトはある。短冊に書かれていたのは、

「勝手に人の家の木を切るな！」

だった。その家も庭木の手入れがいまひとつで、ただでさえ狭い路地に、おおいかぶさるように枝が茂っていて、車よりも歩行者のほうが迷惑を被《こうむ》るような状態だった。丸見えの庭にはいつも高齢の男性が身につけるような衣類しか干されていないので、じじ一人が住んでいるようだった。私もその家の前を通ったとき、木の枝を避《よ》けて歩いた記憶があり、その後、枝を切ってすっきりしたので、ああ、住人もきちんと剪定してくれたのだなと考えていたら、どうやら誰かが黙って切ったらしいのである。

私としてはその黙って切った人に対して礼をいいたいが、短冊じじは自分の所有物を勝手にいじられて頭にきたのだろう。しかしそれまで町内の通行人に迷惑をかけて

いるという自覚はなかったようだ。切った人はじじの性格がよくわかっていて、「どうせ切らせて欲しいと頼みにいっても、絶対に許してくれないから、黙ってやっても同じ。誰だかわからないほうが都合がいい」

と切ってしまったのだろうか。だいたいこのように短冊をぶら下げてしまうような人だから、ご近所での人間関係がきちんと築けないタイプなのかもしれない。

何かトラブルがあったとき、たとえば、

「ここでイヌに用便をさせないでください」とか「花を盗まないでください」と書いてあるのはよく見かける。それは明らかに一方的に迷惑を被っているのだから当然だ。しかし短冊じじたちは本当に被害者なのだろうか。カバー付の短冊じじのほうは、本当に腹に据えかねたことがあったのかもしれないが、相手が挨拶をしないとなると、じじのほうに問題があったかもしれない。盗人と罵《ののし》っていたけれど、庭の生《な》り物が隣家の庭に落ち、それをうちに返さないで持っていったと盗人よばわりしたのかもしれない。

こういう人たちは、常識ではなく彼個人の都合のいい特殊な物差しですべてを量るので、自分が原因でも被害者意識がとても強かったりする。そのうえとても強気だから、ご近所からも疎《うと》まれている場合も多い。あれだけ罵詈雑言の短冊をぶら下げられながら、沈黙を守り続けたM家はまっとうだった。勝手に庭木を切られた短冊じじは、犯人が憎たらしくて仕方がないだろう。そしてまた最近、木の枝が伸びてきている。私はこまめにこの家の枝の伸び具合をチェックし、短冊がどうなるか観察していきたいと思っている。

厚顔ばば

私よりも年上の女性たちを見て、この方たちのふるまいを真似《まね》したいなあと思うことは多々ある。何かの具合で体がぶつかったときに、「失礼しました」「ごめんなさい」などといってくださるのは、だいたい私よりも年上の方々である。私もなるべく自分のほうから詫《わ》びるようにしている。これは歳《とし》を重ねると、気持ちではまっすぐ行きたいのに、あららと思っているうちに足元が不安定になり、そばにいる人にぶつかったりする。それがあるから、まず自分のミスとして謝ってしまうのだと思う。私にもそのようなところがあるので、自分のほうから謝るようにしている。

しかし若い人は謝らない。特に学校の制服を着ていない若い女性はほとんどといっていい。彼女たちには足元のふらつきなど起こらないので、「自分は悪くない」が基本にある。ひどいときには横を向いて歩いていて、そのままこちらにぶつかってきたのに、

「このおばちゃん、何で私にぶつかってきたのさ」

といいたげに、にらまれたことも何度かあった。こういう人間に対しては私は謝る必要がないので無視する。私の態度によって、我が身を振り返ってもらうという考え方もあるが、こういう輩《やから》は相手が謝ると図に乗るだけなので、私はやらない。きっと彼女は友だちに、

「今日、すっげーむかつくばばあがぶつかってきた」

と話すのだろうが、

「上等じゃないか」

と鼻で笑ってやるのである。

品がよく立ち居振る舞いが美しい方々はたくさんおられるが、当然、正反対の人もいる。私がそういう人たちを目撃するのは、デパートのトイレや、スーパーマーケットで、そこでは、

「それはまずいだろう」

といいたくなる行為が繰り返されている。毎回、まるで役目を振り分けられたように、よろしくない行為をする人がいるのは、とても興味深い。

昔からよく見かけたのは、デパートの女性トイレでの行動である。混雑していると

きはないのだが、あるときトイレに行ったら、個室の外で並んでいる人はいないのに、複数の女性の大きな声がした。個室のドアは全部閉まっている。だいたいトイレは静かなので、声がするのにびっくりしていたら、女性たちが個室の中から、ドア越しに会話をしているのだった。

「この間、〇〇のイベントに行ったらねえ、とても図々《ずうずう》しい人たちがいて、前に出るなって係の人がいってるのに、平気で前に出ていって、ちゃっかり握手なんかしてるのよ」

「やーね」

「そういう図々しい人っているのよね」

「そうなのよ。私は行きたくても我慢してたのにさあ」

そして水が流れる音が聞こえ、一人のばばが個室から出てきた。年齢は七十代半ば、肩までの髪を大きくカールさせ、横幅が広い体に白地に黒の大きな渦巻みたいな模様のワンピースを着ていた。私を見た彼女は、

「あら、人がいた」

とつぶやき、それより二段階大きな声で、

「ちょっと、人がいるわよ」

とまだ用が終わらない個室の二人に向かって怒鳴ったのだった。個室からは何の返事もなかった。取り込んでいたのだろう。

私はばばが出てきた個室に入ったため、残りの二人がどういう人かはわからなかったが、個室の中から会話をするって、どういう神経なのかなと呆れた。高校生のときでもしたことはない。中国に行ったときに、用を足しながらにこやかに会話をするおばさんたちを見て仰天したが、そこのトイレにはドアがなかった。お互いの顔を見ながらなので、お国柄もあり、まあ不自然ではない。しかしトイレの個室に入って、用を足しながらの会話をする人って、どういう人なのだろうか。会話の中に出てきた〇〇というのは、男性演歌歌手だった。コンサートの休憩時に男子トイレに平気で入ってくるおばさんがいるとよく聞くけれど、こういう人たちがそういうことをするのかなとも思った。

また絶対に家ではやらないはずなのに、ばばたちはやたらと紙類を無駄遣いする。洗面台で手を洗っていると、ばばがやってきて手を洗う。そしてペーパータオルが設置されていると、まるで地中から芋を掘り出すかのように、ごっそりと紙を何枚も取り出して手を拭《ふ》く。手を拭くだけなら一枚で済むのに、わしづかみ状態なのである。もしかしたらそれで自分が水で濡らしたシンクの周囲を拭くのかと見ていたが、そのままわしづかみにした紙の束を、ゴミ箱に突っ込んで出ていった。

家では家族に対して無駄遣いをしてはいけないと徹底し、鼻をかんだ後も一度、乾かしてまた使っているのではないかとすら思う。なのに外では、そんなに使わなくてもといいたくなるほどの無駄遣い。いくら使っても自分の腹は痛まないのでどうでもいいのだろう。

女性は店で物を買うときとか、トイレとかそういった場所で本性が出る。私がバーゲンセールの会場が苦手なのも状況がすさまじいからだ。若い頃、周囲の人たちよりも、よりよいものを得ようと闘う大勢の女性の姿を見たとき、こういう人たちが最後の最後には生き残るのだとうなずいたものだった。

以前、いじけたじじたちを見かけたスーパーマーケットでは、時折、格安セールをやっている。特にキャベツが多く、いちばん安いときには八十九円で売られていて、客が群がっていた。ただし経費節減のためかラップで覆《おお》われてはおらず、ど一んと山積みになっているのを、買いものカゴに入れる。そして傍らにはいちばん外側の厚くて大きく拡《ひろ》がった葉を取って入れるための、段ボール箱が置いてあった。キャベツを買う人たちは、かさばる外側の葉をはがして、次々とその箱に入れていた。

そのときうちにはキャベツがあったので、私は買う必要はなく、同じフロアの生鮮食品売り場を見て、再びその場に戻ると、キャベツ売り場にうずくまって謎《なぞ》の行動をしているばばがいた。じっと見るのは気が引けたので、つかず離れずの位置をキープしながら見ていると、そのばばはみんなが捨てたキャベツのいちばん外側のぶ厚い葉を、段ボール箱から拾い上げて、せっせと持参した大きなレジ袋に詰めている。最初は箱の中を整理する係の人かと思ったのだが、どう見てもそのようには見えず、そのばばはみんなが捨てたキャベツの葉っぱを拾い集めて、ただで持ち帰ろうとしていたのである。

彼女は身なりもよく、生活に切羽詰まっているような雰囲気はなかった。

(どうするんだ、あれ)

私が見ていると、周囲でばばの行動に気がついた人もいて、ちらりちらりと見るようになった。そして誰かが通報したのか、店員の男性があわててやってきて、

「お客様、それは廃棄するものですので、申し訳ありませんが、差し上げることはできません」

と小声でいった。するとレジ袋をぱんぱんにしたばばは、

「あら、私はかまわないんだけど」

とけろっとしている。

「こちらのほうで困りますので、それは引き取らせていただいてよろしいですか。本当に申し訳ございません」

彼はばばの機嫌を損ねないように、ただひたすら低姿勢で、彼女がレジ袋にぱんぱんに詰めたキャベツの葉を段ボール箱の中に入れ、すぐに抱えて去っていった。ばばはどうするかなと見ていたら、結局、キャベツは買わなかった。

また猛暑続きだった先日の午前中、近所のスーパーマーケットに行き、精算を済ませて買ったものをマイバッグに入れていると、隣のサッカー台に二人のばばが陣取っていた。パックに入った肉類がざっと数えて二十パック積んであり、その他には少量の野菜と、スナック菓子が置かれていた。みんなで集まって焼き肉でもするのだろうかと見ていたら、そのうちの一人のばばが、保冷用の氷が入れられているボックスを開け、ざっくざっくと音をたてて豪快にスコップを動かし、ビニール袋に詰めはじめた。

まあ、今日は暑いし、遠くから来ているのかもと思っていると、もう一人のばばが、台の上に設置してあるロール状のビニール袋を大量に巻き取ってちぎり、そして肉のパックのラップをていねいに剝《は》がしはじめた。なぜここで、と不思議に思いながら、横目で観察していると、彼女は巻き取った袋を二枚ずつにし、ていねいに平らにnならした後、パックから出した肉をその上にのせ、またその上にもう一枚ビニール袋をかぶせて、端からくるくると丸めた。すると氷を詰めていたばばが、ほいっと氷入りのビニール袋を手渡し、その中にビニール袋包みの丸めた肉を入れて口を留めた。ばばの手際《てぎわ》のよさに私は、これを職業にしているのかと思ったくらいだった。

次から次へとパックを開けてビニール袋にはさんで丸め、氷入りビニール袋に入れていく。作業が終わったサッカー台の上には、氷嚢《ひょうのう》みたいな肉入りビニール袋が十数個。使った氷の量も結構大量になっていた。そしてばばたちが作業中、ずっと無言なのが不思議だった。そして氷係のばばが、レジ担当のお姉さんに余分にレジ袋をくれといい、それを二人で両手にぶら提げて帰っていった。サッカー台の下のゴミ箱には、空になったパックが突っ込まれていた。

いったいあれは何だったのだろうか。二十年以上も前、やはりスーパーマーケットで、魚をパックから取り出してビニール袋に入れ、血がついたままのパックをゴミ袋に捨てていくばばを見て、絶対に変とはいえないが、どこか変と思っていたのだが、とうとう作業するばばまで出てきた。持ち帰りに時間がかかるから、氷をビニール袋に入れて、そこに肉のパックを入れるのはわかるが、あのばばたちは、自分が捨てるゴミを減らすために、そのような作業をしたのだろうか。しかしサッカー台での手間を考えたら、そっちのほうが面倒臭そうだ。

このばばたちも、女子トイレでペーパータオルをわしづかみにするばばも、キャベツ横取りばばも、根本的には同じである。自分さえよければいいのである。ばばたちには自分しかない。そして恥じらいもない。ただ彼女たちのどの行動も、私よりも若い人たちがしているのを見たことがないのだけが、今のところ私にとって救いになっているのである。

この作品は二〇一九年六月、新潮社より刊行された。

群ようこ著

鞄に本だけつめこんで

本さえあれば、どんな思い出だって笑えて愛おしい。安吾、川端、三島、谷崎……名作とともにあった暮らしをつづる名エッセイ。

群ようこ著

おんなのるつぼ

電車で化粧？　パジャマでコンビニ⁇　肩ひじ張る気もないけれど、女としては一言いいたい。「それでいいのか、お嬢さん」。

幸田文著

父・こんなこと

父・幸田露伴の死の模様を描いた「父」。父と娘の日常を生き生きと伝える「こんなこと」。偉大な父を偲ぶ著者の思いが伝わる記録文学。

佐藤愛子著

私の遺言

北海道に山荘を建ててから始まった超常現象。霊能者との交流で霊の世界の実相を知り、懸命の浄化が始まる。著者渾身のメッセージ。

小林秀雄
岡潔著

人間の建設

酒の味から、本居宣長、アインシュタイン、ドストエフスキーまで。文系・理系を代表する天才二人が縦横無尽に語った奇跡の対話。

小林秀雄著

直観を磨くもの
―小林秀雄対話集―

湯川秀樹、三木清、三好達治、梅原龍三郎……。各界の第一人者十二名と慧眼の士、小林秀雄が熱く火花を散らす比類のない対論。

佐野洋子著

ふつうがえらい

嘘のようなホントもあれば、嘘よりすごいホントもある。ドキッとするほど辛口で、涙がでるほど面白い、元気のでてくるエッセイ集。

佐野洋子著

がんばりません

気が強くて才能があって自己主張が過ぎる人。あの世まで持ち込みたい恥しいことが二つ以上ある人。そんな人のための辛口エッセイ集。

佐野洋子著

シズコさん

私はずっと母さんが嫌いだった。幼い頃からの母との愛憎、呆けた母との思いがけない和解。切なくて複雑な、母と娘の本当の物語。

さくらももこ著

そういうふうにできている

ちびまる子ちゃん妊娠!? お腹の中には宇宙生命体=コジコジが!?期待に違わぬスッタモンダの産前産後を完全実況、大笑い保証付!

さくらももこ著

さくらえび

父ヒロシに幼い息子、ももこのすっとこどっこいな日常のオールスターが勢揃い! 奇跡の爆笑雑誌「富士山」からの粒よりエッセイ。

さくらももこ著

またたび

世界中のいろんなところに行って、いろんな目にあってきたよ! 伝説の面白雑誌『富士山』(全5号)からよりすぐった抱腹珍道中!

芥川龍之介著
羅生門・鼻

王朝の説話物語にあらわれる人間の心理に、近代的解釈を試みることによって己れのテーマを生かそうとした〝王朝もの〟第一集。

芥川龍之介著
地獄変・偸盗《ちゆうとう》

地獄変の屏風を描くため一人娘を火にかけて芸術の犠牲にし、自らは縊死する異常な天才絵師の物語「地獄変」など〝王朝もの〟第二集。

芥川龍之介著
蜘蛛《くも》の糸・杜子春《とししゆん》

地獄におちた男がやっとつかんだ一条の救いの糸をエゴイズムのために失ってしまう「蜘蛛の糸」、平凡な幸福を讃えた「杜子春」等10編。

安部公房著
他人の顔

ケロイド瘢痕を隠し、妻の愛を取り戻すために他人の顔をプラスチックの仮面に仕立てた男。――人間存在の不安を追究した異色長編。

安部公房著
壁
戦後文学賞・芥川賞受賞

突然、自分の名前を紛失した男。以来彼は他人との接触に支障を来し、人形やラクダに奇妙な友情を抱く。独特の寓意にみちた野心作。

安部公房著
箱男

ダンボール箱を頭からかぶり都市をさ迷うことで、自ら存在証明を放棄する箱男は、何を夢見るのか。謎とスリルにみちた長編。

内田百閒著　百鬼園随筆

昭和の随筆ブームの先駆けとなった内田百閒の代表作。軽妙洒脱な味わいを持つ古典的名著が、読やすい新字新かな遣いで登場！

内田百閒著　第一阿房列車

「なんにも用事がないけれど、汽車に乗って大阪へ行って来ようと思う」。借金をして一等車に乗った百閒先生と弟子の珍道中。

内田百閒著　第二阿房列車

百閒先生の用のない旅は続く。弟子の「ヒマラヤ山系」を伴い日本全国を汽車で巡るシリーズ第二弾。付録・鉄道唱歌第一、第二集。

遠藤周作著　海と毒薬
毎日出版文化賞・新潮社文学賞受賞

何が彼らをこのような残虐行為に駆りたてたのか？　終戦時の大学病院の生体解剖事件を小説化し、日本人の罪悪感を追求した問題作。

遠藤周作著　沈黙
谷崎潤一郎賞受賞

殉教を遂げるキリシタン信徒と棄教を迫られるポルトガル司祭。神の存在、背教の心理、東洋と西洋の思想的断絶等を追求した問題作。

遠藤周作著　人生の踏絵

もっと、人生を強く抱きしめなさい――。不朽の名作『沈黙』創作秘話をはじめ、文学と宗教、人生の奥深さを縦横に語った名講演録。

川端康成著
雪国
ノーベル文学賞受賞

雪に埋もれた温泉町で、芸者駒子と出会った島村――ひとりの男の透徹した意識に映し出される女の美しさを、抒情豊かに描く名作。

川端康成著
伊豆の踊子

伊豆の旅に出た旧制高校生の私は、途中で会った旅芸人一座の清純な踊子に孤独な心を温かく解きほぐされる――表題作等4編。

川端康成著
眠れる美女
毎日出版文化賞受賞

前後不覚に眠る裸形の美女を横たえ、周囲に真紅のビロードをめぐらす一室は、老人たちの秘密の逸楽の館であった――表題作等3編。

開高健著
パニック・裸の王様
芥川賞受賞

大発生したネズミの大群に翻弄される人間社会の恐慌「パニック」、現代社会で圧殺されかかっている生命の救出を描く「裸の王様」等。

開高健著
輝ける闇
毎日出版文化賞受賞

ヴェトナムの戦いを肌で感じた著者が、戦争の絶望と醜さ、孤独・不安・焦燥・徒労・死といった生の異相を果敢に凝視した問題作。

開高健著
夏の闇

信ずべき自己を見失い、ひたすら快楽と絶望の淵にあえぐ現代人の出口なき日々――人間の《魂の地獄と救済》を描きだす純文学大作。

司馬遼太郎著

梟の城

直木賞受賞

信長、秀吉……権力者たちの陰で、凄絶な死闘を展開する二人の忍者の生きざまを通して、かげろうの如き彼らの実像を活写した長編。

司馬遼太郎著

人斬り以蔵

幕末の混乱の中で、劣等感から命ぜられるままに人を斬る男の激情と苦悩を描く表題作ほか変革期に生きた人間像に焦点をあてた7編。

司馬遼太郎著

燃えよ剣（上・下）

組織作りの異才によって、新選組を最強の集団へ作りあげてゆく〝バラガキのトシ〟――剣に生き剣に死んだ新選組副長土方歳三の生涯。

谷崎潤一郎著

痴人の愛

主人公が見出し育てた美少女ナオミは、成熟するにつれて妖艶さを増し、ついに彼はその愛欲の虜となって、生活も荒廃していく……。

谷崎潤一郎著

刺《し》青《せい》・秘密

肌を刺されてもだえる人の姿に、いいしれぬ愉悦を感じる刺青師清吉が、宿願であった光輝く美女の背に蜘蛛を彫りおえたとき……。

谷崎潤一郎著

春琴抄

盲目の三味線師匠春琴に仕える佐助は、春琴と同じ暗闇の世界に入り同じ芸の道にいそしむことを願って、針で自分の両眼を突く……。

太宰治著
晩　年
妻の裏切りを知らされ、共産主義運動から脱落し、心中から生き残った著者が、自殺を前提に遺書のつもりで書き綴った処女創作集。

太宰治著
斜　陽
〝斜陽族〟という言葉を生んだ名作。没落貴族の家庭を舞台に麻薬中毒で自滅していく直治など四人の人物による滅びの交響楽を奏でる。

太宰治著
ヴィヨンの妻
新生への希望と、戦争の後も変らぬ現実への絶望感との間を揺れ動きながら、命をかけて新しい倫理を求めようとした文学的総決算。

夏目漱石著
吾輩は猫である
明治の俗物紳士たちの語る珍談・奇譚、小事件の数かずを、迷いこんで飼われている猫の眼から風刺的に描いた漱石最初の長編小説。

夏目漱石著
坊っちゃん
四国の中学に数学教師として赴任した直情径行の青年が巻きおこす珍騒動。ユーモアと人情の機微にあふれ、広範な愛読者をもつ傑作。

夏目漱石著
こころ
親友を裏切って恋人を得たが、親友が自殺したために罪悪感に苦しみ、みずからも死を選ぶ、孤独な明治の知識人の内面を抉る秀作。

武者小路実篤著

友情

あつい友情で結ばれていた脚本家野島と新進作家大宮は、同時に一人の女を愛してしまった――青春期の友情と恋愛の相剋を描く名作。

武者小路実篤著

愛と死

小説家村岡が洋行を終えて無事に帰国の途についたとき、許嫁夏子の急死の報が届いた。至純で崇高な愛の感情を謳う不朽の恋愛小説。

武者小路実篤著

真理先生

社会では成功しそうにもないが人生を肯定して無心に生きる、真理先生、馬鹿一、白雲、泰山などの自由精神に貫かれた生き方を描く。

森鷗外著

雁（がん）

望まれて高利貸しの妾になったおとなしい女お玉と大学生岡田のはかない出会いの中に、女の自我のめざめとその挫折を描き出す名作。

森鷗外著

阿部一族・舞姫

許されぬ殉死に端を発する阿部一族の悲劇を通して、権威への反抗と自己救済をテーマとした歴史小説の傑作「阿部一族」など10編。

森鷗外著

山椒大夫《さんしょうだゆう》・高瀬舟

人買いによって引き離された母と姉弟の受難を描いて、犠牲の意味を問う「山椒大夫」、安楽死の問題を見つめた「高瀬舟」等全12編。

山本周五郎著
樅ノ木は残った
毎日出版文化賞受賞（上・中・下）

仙台藩主・伊達綱宗の逼塞。藩士四名の暗殺と幕府の罠――。伊達騒動で暗躍した原田甲斐の人間味溢れる肖像を描き出した歴史長編。

山本周五郎著
さ　ぶ

職人仲間のさぶと栄二。濡れ衣を着せられ捨鉢になる栄二を、さぶは忍耐強く支える。友情を通じて人間のあるべき姿を描く時代長編。

山本周五郎著
赤ひげ診療譚

貧しい者への深き愛情から〝赤ひげ〟と慕われる、小石川養生所の新出去定。見習医師との魂のふれあいを描く医療小説の最高傑作。

山　崎　豊　子　著
花　の　れ　ん
直木賞受賞

大阪の街中へわての花のれんを幾つも幾つも仕掛けたいのや――細腕一本でみごとな寄席を作りあげた浪花女のど根性の生涯を描く。

山　崎　豊　子　著
ぼ　ん　ち

放蕩を重ねても帳尻の合った遊び方をするのが大阪の〝ぼんち〟。老舗の一人息子を主人公に船場商家の独特の風俗を織りまぜて描く。

山　崎　豊　子　著
花　　紋

大正歌壇に彗星のごとく登場し、突如消息を断った幻の歌人、御室みやじ――苛酷な因襲に抗い宿命の恋に全てを賭けた半生を描く。